U0606762

睡不着的海

林远 著

河南文艺出版社
·郑州·

图书在版编目(CIP)数据

睡不着的海/林远著. —郑州:河南文艺出版社,2017.6(2019.9重印)

ISBN 978-7-5559-0538-7

Ⅰ.①睡… Ⅱ.①林… Ⅲ.①长篇小说-中国-当代 Ⅳ.①I247.5

中国版本图书馆CIP数据核字(2017)第101020号

出版发行 河南文艺出版社
本社地址 郑州市郑东新区祥盛街27号C座5楼
邮政编码 450018
承印单位 三河市兴国印务有限公司
经销单位 新华书店
开　　本 880毫米×1230毫米 1/32
印　　张 8.5
字　　数 185 000
版　　次 2017年6月第1版
印　　次 2019年9月第2次印刷
定　　价 32.00元

印厂地址 河北省三河市北外环路南密三路东
邮政编码 065200 电话 0316-7151808

目　录

1 引子
3 一 多雨的秋季
10 二 那个奶茶店
23 三 爱与哀愁
29 四 情难自制
35 五 爱我
51 六 何成轩的往事
65 七 恋你
79 八 我的心事
88 九 海中的月亮
99 十 愿你是我的影子
115 十一 许琳离开
129 十二 多事之秋
141 十三 何成轩的婚礼
148 十四 陌生的路
162 十五 难成的爱情
180 十六 再见

194 十七　没有楚宏的日子
206 十八　等了又等
220 十九　守约
236 二十　谢谢你曾经爱我
244 二十一　雨夜的玫瑰
254 二十二　让我跟你走

引子

我依然记得十二年前的秋天，与今年一样，连绵不绝的细雨下了一整个九月。天空像一张灰色的帆布，蒙住了大地，也朦胧了我们的心。城市的地面，积水遍布。在宿舍里，每一个人都在祈祷，祈祷明天能是个晴天。阳台上的湿衣服已挂得十分拥挤，好像服装店的展衣柜，一排排的，五颜六色。每出一次门，便弄湿一双鞋。走路的时候，也总发出有规律的咯吱咯吱的响声……

然而，每当我们坐在电脑前，看着明日的天气预报，总会一再失望。

如今，我坐在窗前，房间是那么安静，一只猫爬到沙发上，呆呆地看着我。我的思绪又回到了十二年前……十二年前与今年是多么相像啊！相同的季节，相同的天空……

只是，当我无限缅怀往日的时候，却感到时光荏苒，物是人非。天空与季节，一年又一年，以相同的姿态注视着我们。而就在某一点、某一些人身上，很多东西早已改变。我努力寻找着一点一滴的不同，终于发现，唯一的不同，是岁月走过，身边的人来来回回，有些面孔依然熟悉，也有一些陌生的人儿闯进我们的生活，让我们措手不及。

许多时候，我会想起，十二年前的自己，十二年前的那些朋友与亲人。他们的身影总会在我的眼前轻轻一晃，然后又很快消失。他们的语言，也会在某些场景里，再次响起，那么清晰，可是往往也是一闪而过。那时，我会感到痛苦，我想把他们留在我的生活里。我害怕，有一天，我会将他们忘记。你知道吗，忘记真是一件很可怕的事情。许多值得纪念的情谊、事物，如果它们不活在我的心里，我会无法原谅自己的可恶。

因此，这几年，我会尽量联系那些还在身边的朋友，与他们相聚，陪每个至爱的人吃饭逛街。我花了很多时间在他们身上，来了解他们生活的近况。在一起时，我们会聊起过去，把每个人留在脑海里的东西拼凑起来，然后使每个人的故事都清晰起来。

今天我提起笔，想写下一段故事，一段交织在我身边的故事。在这漫长的十二年里，这段故事衍生出了许许多多理不清、说不明的情绪。有遗憾，有重重的顾虑，也收获了不少心满意足的感动与快乐。今天的我不断感叹，很多东西是那么容易失去。我想珍惜，用一种永恒的方式将它们记录下来。

于是，我拿起笔，从一个多雨的季节开始写起。

一　多雨的秋季

二〇〇二年的秋季是个多雨的季节,即使到了九月,南方的天气依然会让人感到燥热。如今,连绵不断的阴雨带来又湿又闷的感觉。

乌云满天,雨水不断,我们都没有心思到外面游玩,整天待在湿漉漉的宿舍里。

我伏在写字台前,低头看着哈代的《德伯家的苔丝》。讨厌克莱,为何对一个女人如此刻薄;讨厌亚雷,从来不懂得尊重爱;当然,同情这个纯洁的女人。这是一本引人入胜的书,然而我却感到坐立不安。

衣服上的汗味,如同夏日的馊饭发出的气味。这件衣服我已经穿了五天,多少次身上流出的汗珠,以及外出时落在肩头的雨水,都被它吸收。

当你走到阳台,伸手去触摸那些挂着的衣服时,它们就像是刚刚洗过一样。我们没法儿将衣服进行替换,烦人的味道也使我们不愿与别人待在一块儿。

我将小说合上,转过身子,才发现与我同一个宿舍的韦鸿光不知了去向。我是学文科的,班里男生极少,有几个人还住到了校外。在这个宿舍里,只有我和他两个人,他是我大学四年唯一的室友。

“他人呢?”我不禁想,这么大的雨,怎么又往外跑?

正准备给他打电话,他气喘吁吁地跑了进来。

我很快打量了他一下:头发湿了,身上的衣服都加深了颜色,紧贴在皮肤上,估计可以拧出水了。再看他身后,留着一排清晰的水脚印。

“看我买了什么!”他兴致勃勃地摇了摇手里的纸盒。

我懒懒地看了一眼,表示自己没有兴趣,只是弯腰用一件破旧的T恤将地面擦干,然后又埋头看起了小说。

他笑眯眯地凑到我面前,将纸盒里的东西拿出来。我侧过脸,看了一下——吹风机。

“买它干吗?吹头发吗?什么时候开始讲究了?”我讥笑着说。

“你真笨,吹风机只能用来吹头发吗?湿了的衣服不也可以吹干吗?”

我本能地放低声音:“可在宿舍不能用。”

“没关系,我买的功率小,咱俩偷偷用。”他眨着一双清澈见底的眼睛。

听了他的话,我的脸上立刻展现出了赞扬他的笑容。只记得,那天下午,我们烘干了六件衬衫、两条裤子,还有数不清的袜子和因为渗了水而沉重无比的运动鞋。

“你在哪儿买的?”显然我已经爱上了这个吹风机给我们带来的干燥与柔和了。

“不是我买的,是我爸从家里给我寄的。”他得意地说,在他心里父亲大概是个很了不起的形象。

之后，他打开电脑，等待开机。他没什么爱好，只沉迷于游戏，性格像个孩子。在他的身上，你会看到一种简单的幸福。他似乎没有忧愁，不为考试忙碌，不为未来担忧，永远都是“没什么大不了”的态度。这一切让我深深地羡慕。

我为摸在手里暖暖的衣服而开心。不过，当他提到父亲的时候，我的心还是颤抖了一下。

我开始难过，这一份难过折磨了我多少个日夜。每当我被卷进夜晚的平静中时，我都会想起父母摇摇欲坠的婚姻。

待在父母身边十八年，我从未离开过。我读小学五年级时，在一次夜晚的争吵中，父亲将母亲推坐在沙发上，语气平静地说：“林学成年后，我们再离婚。”

透过门缝，我看见灯火辉煌的客厅里，母亲点点头，算是达成了协议。

那时，我却已感到，父亲那平静的语气是经过深思熟虑之后而发出来的，它不是冲动，不是鲁莽地规划着他的人生。

当我二十一岁时，我以为他们忘记了当初的“约定”，可以过完一生，少年的夫妻，等到老时再做伴。可是，我错了，我还是接到了父亲的电话，他让我回家一趟，和他们一起处理他们残喘的婚姻。

那一刻，我无法了解他们的世界，正如他们无法了解我一样，彼此间都是陌生的。我多少次劝解他们，给他们讲我所知道的道理，希望他们能够为了我，重归于好，过下去。当然，结果呢，都于事无补。

然而，十二年后的我，每每再看见父母时，他们现在的生活都过得很好。虽然他们都老了，笑容却在增多。我才明白，当初的劝解是错误的，破灭的婚姻，逝去了的爱情，就像一棵已死的树，无论怎样都救不活。

没有爱情的生活是多么苍白无趣！不如各自离去，孑然一身。纵然有些孤单，却也多了一份自由，也是不后悔的。

前几日，他们和我坐在一起吃饭，边吃边聊，好像许久不见的朋友，曾经爱与婚姻带给他们的苦痛，如今已烟消云散。也许是他们知道彼此太多的事情，太熟悉彼此的脾性，因而总有聊不完的话题、开不完的玩笑。

只是，在我读大三时，我还是无法接受他们离婚的事实。我不愿他们老来无依，身边连个说话的人也没有，更不愿意自己成为一个单亲家庭的孩子。

我翻开夹在书里的请假条，上面写着“林学同学，因家中有事，需请假三日”。

吃完晚饭，我回到宿舍，韦鸿光依然坐在电脑前，奋斗在他的游戏王国里。他曾说：“没有哪个男孩儿是不爱游戏的。现实世界把男人束缚得太紧，还给人以挫败与打击。唯有在游戏世界里，男人们方能更加容易地成就霸业。”因此，每当我劝他少玩游戏时，他总说我是一个怪胎，在扼杀他心灵的自由。

我朝他说了一句：“我明天回家。”

他“嗯”了一声。直到深夜十一点，灯熄了，网断了，他才问：“你之前是不是跟我说了一句话？”

“是啊，我明天回家。”

“回家干吗？”他摸黑整理被子，不小心把头撞到了墙上，嘴里埋怨着，“疼死我了！”

"家里有事。"

"有事？好事还是坏事？"

"好事。"那时，我还不愿意把这种事说出来。

我躺在床上，夜更深了。窗外的天是阴霾的，世界一片漆黑。我没有睡意，黑色带给我深刻的孤独，使我感到绝望。我讨厌父母离婚，他们不能陪在我身边，让我对未来丧失了信心。我备受折磨，慢慢地感到自己好像被某种东西所吞噬。心里生出了恨意，恨的是父母，还有我自己。

因为在那静夜带来的清晰的思考中，我又何尝不明白，我的孤寂、失望，真的与父母的离婚有关吗？或许不是吧。我只是在为自己的生活找一个可以释放压力的借口，我对父母的责备，只为了一个解脱。

谁也不知道，其实我有一个秘密，不知何时，我竟然发现我是这个秘密的主角。我时常惊恐不安，不知所措，为了这个秘密，我深受折磨。然而，没有人可以帮我、救我，我是无助的，不知何时才能让自己得到救赎。

第二天的早晨，天色灰暗，小雨整齐而又均匀地洒向大地，可以清晰地听到沙沙的响声。不时袭来的一阵阵凉意，让人觉得身上的衣裳都单薄了。

我睡得迟醒得早，早晨坐在床上，宿舍楼出奇地安静，韦鸿光微微的鼾声竟让我感到一丝踏实。

在他还没有醒来时，我便离开宿舍，坐上了车。在雨中，车子走得很慢，原本两个小时的车程，却从八点走到了十二点。

我下了车，家乡的雨似乎更大。我走出车站，刚走到路边，鞋子已灌满了水，裤子冰冷地贴在腿上。

心里空空的,脑袋嗡嗡地响！我什么都不想想,浑身没有一点儿力气。到了家,母亲正在看电视,见我回来,她脸上的神情突然紧张了一下。但是,只是那么一瞬间,很快她又恢复了平静,像往常一样。

“爸爸呢?”我朝四周看了一下问。

“他不在家!”

一进家门,我便感到了家的冷清,那种孤独的气氛再明显不过了。

“你们是非离不可吗?”我没有耐心,也很烦躁。

“我们已经没有感情了。”她打开我的包,收拾我带回来的衣服。

“怎么会呢？你们在一起生活二十一年了!”

“有些情感会与日俱增,有些情感会随着时间的流逝消磨殆尽。”说完她便走进房间,嘴里还嘀咕着,“带回来的衣服怎么都是湿的?”

我一个人坐在沙发上,墙上的时钟嘀嘀嗒嗒地响着,一步步,一声声。当它走到下个星期一时,我将走向另一种生活,一种我一直害怕、担忧的生活。

我一直等父亲回来,试图进行最后的“劝解”。我不明白,婚姻建立的基础是感情,还是长久的习惯与亲情?

没有感情就离婚？人到中年,双方选择另一种生活,多么滑稽,难以置信!

父亲没有回来,他的身影一直没有出现。

到了星期一的早晨,在民政局门口,我看见了他。当他们迈进民政局的大门时,脸上都有一种如释重负的表情。那一刻,我感到了自己的无力。

他们没有财产纠纷，整个过程和平、宁静，没有一点儿对过去婚姻的指责和对对方的抱怨。

我选择与母亲生活在一起，她那郁郁寡欢的眼神，让我回想起曾经有许多次母亲都是这样的眼神，仿佛我是她唯一的支柱。没有我，她是没法儿生活下去的。她需要我，比父亲更需要我。

整个离婚的过程就是这样。

在我回学校的前一天晚上，我躺在母亲身边。母亲说："或许，你到现在都不明白，为什么我和你爸爸会离婚。我们一起走过那么多岁月，共同经历那么多坎坷，怎么就不可以白头到老呢？林学，等以后你就会知道，没有爱情的婚姻，日子是无法想象的痛苦，我们会无缘无故地争吵，会因为一点点无关痛痒的事情而大动干戈。我们没有共同的爱好、话题，这个家将不再有欢笑，甚至连一点儿声音都没有。"

她看了看我："也是因为你，家庭的冷战所带给你的伤害，远比婚姻的破碎大得多。你爸爸很爱你，他也没有对不起我。只是我们都学不会怎样去爱一个人，所以造成了今天的局面。"

我假装睡着，却记得母亲说的每一个字。

母亲摸着我的手："你也大了，以后一定要过着有爱情的生活，并努力让彼此相爱一生。"

二　那个奶茶店

连绵不绝的细雨使大一新生的军训也不得不推迟。直到国庆节后，他们才穿上迷彩服，走上操场，喊出震天的口号："万众一心，众志成城。"

那时，炎热早已随着雨水而消失，周身的空气清新凉爽。

每当我看见那些身材挺拔、面目严肃的教官时，我都会想起一个名字——孙斌。

大一的军训，是我大学生活的开始。那个叫孙斌的教官，满面春风地走到我们中间，声音沙哑地介绍着自己。似乎每个当兵的男人都拥有着不符合自己年龄的嗓音，常年撕心裂肺的呐喊，使他们的声音显得沧桑。再看他们的身形，由于长期高强度的训练，体魄较之常人更加强壮。这都使得他们充满魅力，那是唯有军人才有的魅力。

训练的时间是十五天，每天训练八小时。当然，每训练一个小时，都会有半小时的休息时间。

我坐在第一排，离孙斌教官最近。他只比我们大两岁，脸上还冒着一颗颗鲜红的青春痘。他爱笑，也爱和其他男孩儿开一些玩笑。于是，大家便没了距离感。

有一次,我问他:“你当兵几年了?”

“四年了。”

“你有女朋友吗?”

“有啊!她在老家,两年没见她了。”说这句话时,他的脸藏在了帽子底下,高高的鼻梁与眼睛,都让我无法看见。

军训的过程很辛苦,无论是站军姿,还是跑步,都让我们这些平日里不爱运动的人感到痛苦。只是就在军训快要结束的时候,我却希望时间可以过得慢一点儿,让我们可以和这位教官有更多相处的时间。

时隔两年,我也没有忘记军训的最后一天。三千多名学生站在操场,说起初进大学的兴奋与好奇,说起对教官的不舍,随之而来的是一大片抽泣与哽咽声。

十五天的相处,却让人这般留恋,难以告别。

当时,我早已成了泪人。两行咸咸的泪水混合着汗珠,流了下来。当教官和我拥抱时,他在我的耳边说:“别哭了,明年会再见的。”

我明白他的话只是一句安慰,匆匆一别,距离遥远,再见谈何容易!

他一直没有哭。只是,在听到他们的首长召唤时,他的眼睛终于红了,泪水哗哗地从眼角流下。

年轻的时候总不忍离别,只有年老的人,他们对这个世间太过熟悉,拥有太多见识,才安于人世的分别。

在接下来每一届的新生训练里,我总会走遍学校的每一个角落,想发现我熟悉的身影,期待着某一个角落里传来他喊口号的声音。然而,我一次又一次地失望了。失望之后,心里又涌出一点点怀念。

那天月亮很圆,月光洒在桂花枝上,它带着花香飘洒在校园的每一个角落。

我从图书馆出来,便看见了陶玥。

陶玥是我最好的朋友。她五岁那年,父亲便去世了,一直由母亲抚养。我们很有缘分,读同一所小学、中学,如今又在同一所大学读同一个专业。在十多年前,我的家还没有搬,她家就在我家小区外面,是一幢两层的楼房。那时候,母亲没有时间管我,我经常到她家玩儿。我们的友谊在那么小的年纪里就开始了。

她穿着一件黑色的毛衣,下身是一条紧身的牛仔裤,整个身形苗条动人。再说脸吧,她很美,美得让人过目不忘。从我认识她开始,她的身上就汇聚着两种眼光——女生的忌妒和男生的遐想。

追求陶玥的男生一直有很多,并且质量都很高。一个女生并不应该因为追求者众多而骄傲,也要回头看看追求者的质量,然后才可以肯定自己。陶玥是可以肯定自己的。

在高中三年里,她一直处于被宠爱的地位。到最后,她选择了陈哲,那是在高考结束后,她答应了他的追求。陈哲并不是众多追求者里最好的,那么答应他的原因是什么呢?她曾告诉我,他追求她的时间最长。

人们往往会因为坚持而感动。谈恋爱与追求理想一样,上天总青睐不愿放手的那一位。

他们原本希望去同一所大学,无奈,他俩高考的分数却相差了二十分。陈哲考得很高,陶玥为他高兴,可还是忍不住失落。

甚至在某些时刻,她更有一丝担心。因为她明白,分开是必然的了。分开后的事,又会怎样呢?

陶玥的爱情是随着时间不断增长的,陈哲在她的心中由追求者变成了被追求者。我为她担心,当我们太爱一个人时,在对方心中,这份爱的价值就降低了。爱比被爱高贵,可是爱的人却是卑微的。当时,我这么想。

“听说你回家了?”

“嗯。”我应了一声,并不想解释回家的原因。而陶玥的优点,就是不会追问你的问题。

“这个星期,陈哲会来看我。”她的声音轻快,可知她很开心。

“哦,那么你很快就可以看见他了。”我也笑着说。

“是啊!上次国庆放假,他父母带他出去旅游,我们连一面也没有见到。”

陈哲来我们学校的那一天,是十一月初。天气很好,天空蓝蓝的,在蓝色的背景中,可以清楚地看到白云的轮廓。风儿吹在脸上,轻轻柔柔的,一点冷意都没有,让人感到前所未有的惬意。

在中学时,我与陈哲并不熟悉,后来的相识,全是因为陶玥。我们三个人经常在一起学习、吃饭。他的数学好,我和陶玥都是文科生,最头疼的就是数学了。在一起学习的时候,他帮了我们很大的忙。

那天,他和陶玥走在校园里,温暖的阳光照在他黑色的风衣上,让人有一种莫名的羡慕。有时候,我会不经意地感叹世事的不平,所有的优点往往集中在某一个人身上,而有些人不管你怎么努力寻找,也发现不了他的好处。陶玥在他身边,从侧面看他俩,就像在欣赏一幅名画。他们的步伐是一致的,挥手的幅度也是相同的。或许,有些人天生就该做一对恋人。

从一开始,我们三个人并列行走,陈哲和我聊天。由于我们个高腿长,脚步一旦放快,不知不觉就将陶玥落下了。等我反应过来,回头再看陶玥时,她的脸上有一丝哀伤。那时,我觉得自己很多余,成了不该存在的“电灯泡”。

吃了午饭,我便找借口回学校。后来一天多的时间,陶玥约我出去玩,我很识趣地拒绝了。

在宿舍里,几袋泡面、一本书,度过了周末。

在陈哲回去的那天下午,我和陶玥去车站送他,两人又是依依不舍。他们在人群中拥抱,仿佛希望让天南地北的人见证他们的幸福。我被完全忽视,只在一旁微笑。大厅里传出检票的提示音,我才凑上前去,笑着对陈哲说:“一路顺风!”

“下次去找我玩儿。”

“好的。”我说。

陶玥的视线是跟着陈哲的,车子开动了,再也看不见了,她的思绪才收了回来。回来的路上,她走得很慢,好像在回味他们刚刚一同走过的路,细细咀嚼在一起的快乐。

爱情真有那么大的魔力吗?

也许,没人知道,我有多么渴望爱情。然而,让人绝望的是,我却不敢得到爱情。你以为,我不敢得到爱情,是害怕爱情带来的苦痛吗?你错了,我对爱情的渴望,就像是一个不爱学习又身在课堂的孩子,对外面世界的自由与美好充满了向往。在我心中,感情是人生中最值得费尽心力的事情,是最需要我们用尽年华去留住的易逝品。

然而,不公平的是,同样是爱情,有的人可以拥有,有的人却需要等待；有的人在其中获得新生、满足，有的人却为它吃尽了苦头。我呢，我的爱情是何种滋味？酸的还是甜的？我有勇气去品尝这繁华与凄凉的结合体吗？而且，爱情是两个人的事，我的那个人何时出现呢？

“林学，我想去兼职。”陶玥终于说了一句话。

“为什么？你的生活费不够吗？”我知道她家境不好。

“不是，我想赚一些钱，给陈哲买一件羽绒服，他生活的城市比我们这里冷得多。”

我才想起陈哲的那件风衣，明显是夹棉的，看起来又厚又重，到了我们这儿，没走多少路，就一头汗。

“你决定了？”

“嗯。”她的声音很坚定。

星期二的下午，我们没课，便一起出去找工作了。

陶玥长得很漂亮，身材也好，很快就找到了工作。在一家服装店卖衣服，每天没课的时候都可以去，按小时计费，每小时五元。

我看着她忙忙碌碌，可是比以前更有精神了。我问她：“辛苦吗？”她总会笑着摇摇头。

她用一个月的时间，挣得了五百元，而我深知这五百元背后的辛苦。

太多时候，他们的爱情也会点燃我心中的渴望，我也想要一份真挚的感情。只是，对于我来说，爱情是可遇而不可求的。

陶玥除了上课就是去兼职。我最好的高中朋友，整天不见人。大学里，清闲的时间太多，我也感到十分无聊。

在去图书馆的路上，我遇到从学校外面回来的韦鸿光。他满面油光,头发乱糟糟的,一脸疲惫。

“去哪里?”他问我。

“和齐颜约好了,去图书馆看书。”

“就是上次和我们一起去吃烧烤的女生吗?”

“嗯。”

“你和她很熟吗?”

“对啊,是朋友。”我很好奇他怎么对齐颜那么感兴趣。

他害羞地挠挠头发:“我以为再也见不到她了呢！你等我一下,我也去。”

“我在二楼,到时候你来找我。”我对他说。

我到了二楼,在第三排的座位上找到了齐颜。她低头看了一下手表:“看看,迟到了五分钟!”

我笑了笑,做出一个撒娇的表情。

齐颜是我们学校新闻部部长,性格开朗,能说会道,为人干练,无论对自己还是对别人要求都极为严格。她与我是在一次说课比赛上认识的,后来成了朋友。她经常跟我和陶玥一起玩。

“陶玥呢?我好久没见你们在一起了。”

“她去做兼职了。”我吃着她带来的杧果干。

“我也想去。”

“得了吧！你新闻部里的事还不够你忙吗?”

“也是,够忙的。不过我喜欢这样的生活,特有成就感。”

谈笑间,韦鸿光就来了。在他还没有坐到我身边的时候,一阵不知名的男士香水的味道就飘进了我的鼻孔。我转过身子去看他,刚刚乱糟糟的头发,现在可以看到吹风机吹过的痕迹。脸上的油脂也消失了,取而代之的是洗面奶洗后的清爽。身上那件穿了三天的毛衣也被换掉了，卡其色的风衣衬托出他身材的挺拔与伟岸。

我刚想问他这是怎么了，他便极为绅士地微笑着对齐颜说："你好！"这样的表情我是没有见过的，或许是我无福消受。男人独特的一面，也只对独特的人。

我开始明白他内心的暗涌。后来的日子，韦鸿光的身影很少出现在宿舍。我看不见他，他总是早早地出门，很晚才回来。他一直保持着那日在图书馆的模样，每天都是衣冠楚楚，神采飞扬。

他与齐颜恋爱了。

在我心中，能有一个女朋友的男人都是了不起的。爱情是世界最奇妙无穷、变化多端的东西，能捕捉到它，都证明了一个男人极高的情商与智商。

我彻底陷入了孤独之中。唯一的室友也与别人恋爱了，整天不见人影。另一个朋友忙于工作，为心爱的人增添衣服。他们每一个人为爱情生、为爱情忙，只有我每天静静地在图书馆与宿舍间来来回回。

当然，世上孤独的人太多，我并不为此日日伤感。况且，孤独的人总有一种世人高攀不起的美丽，就像我的母亲。

离婚后的她一直居住在原来的房子里，父亲有很好的工作，收入较高，所以净身出户。按照当初的离婚协议，我由母亲抚养，父亲按月寄一笔生活费用。

母亲每天睡到自然醒，然后开始打牌、逛街。没有丈夫，她变得如此清闲。当我通过视频看见她的时候，她变得鲜活，人也显得更加时尚。

我已经接受了他们离婚的事实。

某一日的早晨,我与陶玥去服装店。她穿上工作服,工作服是一件黑色的背心。她看起来更加消瘦了。

深秋,店里开了暖气,店员穿得很少,而我穿着一件厚实的毛衣外套,不一会儿,便感到后背开始出汗,浑身燥热。

“我回学校了。”

“现在?你回去干吗?不无聊吗?”

“那能怎么办呢?”我责怪的语气好像在埋怨他们一个个离我而去。

“你也去找份兼职吧!多赚一点儿,自己花起钱来也自由。”

我漫不经心地答应了她,随即便出了服装店。

秋天的风很凉,就像凉水泼在自己身上。可恨的是,这件毛衣外套还没有安插双手的口袋。

我努力寻找着奶茶店,想买一杯奶茶,捧在手中。

我不知道我是怎么走到一家叫“可口奶茶店”的门口的,只是因为耳朵里听到我特别喜欢的一首英文歌 Bertie Higgins(贝蒂·希金斯)的 *Casablanca*(卡萨布兰卡),随着音乐我走到了店门前。

店门口站着一位很漂亮的姑娘,她好像在与店老板聊天。我在一旁等,店边的墙壁上贴着一张告示,原来是要招兼职。

我想起陶玥的话,无事可做的生活是应该充实一下了。

“老板,你这里要学生兼职吗?”我已经不耐烦那个姑娘与他无休无止的谈话了,她好像故意在拖延时间。

老板看了我一眼,笑着说:“是啊!”然后他又对那个姑娘说:“对不起,我们这里不招女学生。”

那个姑娘还在坚持。我走上前去:“那你先给我一杯热牛奶,好吗?"

"姑娘,真的很不好意思。"老板很内疚地说,随即递给我一杯牛奶。

那个小姑娘用哀求的目光看着老板。我在一边偷偷地笑。

她走了。我看着她的背影,她脚步缓慢,失落无比。

我走进店里。奶茶店不大,里面有六张桌子,右边的墙壁挂着三张名画的复制品。

我坐到左边的第二张桌子旁,老板走了过来。

"你是学生吗?"他坐到我的对面问道。

"嗯。"我一边喝牛奶一边回答他,刚刚冰冷的身体渐渐暖和了起来。

"是 A 大学的吗?"

"是的。"我笑着回答他。

"几年前,我也是那个学校的学生。"

我没认真听他讲话,心思被左边的墙壁吸引。

左边的墙壁上贴着五颜六色的便笺,上面写着许许多多的心愿。我仔细地看着每一张便笺,嘴里还叽叽咕咕地读着。

我从中挑了一张,他看了问:"为什么撕下来?"

我说:"这一张最打动我。"

他把头伸到我面前,想看看写的是什么——"希望我的老婆与孩子永远快乐。"

他一脸狐疑,仿佛在问:"这有什么可感动的?"

"人们会为爱情祈祷,用尽心力,然而有多少人赞美婚姻呢?对自己的妻子始终如一,把恋爱的激情延续到后来的生活中,这样的男人不是很让人感动吗?"

他哈哈地笑:“没想到你年纪轻轻,想法倒不少。”

“你是不是要做兼职?”

“我没想好。”牛奶喝完了,我才认真看了看他,这下才明白为什么刚刚那个女生如此恋恋不舍了。

“那你怎么问我要不要学生兼职?我以为你要做,所以就拒绝了那个女生。”

我扑哧一笑:“那个姑娘很漂亮啊,你干吗拒绝她?”

“你要不要留下来?”

“不一定。”我只能这么回答,“我就是随便问问。”

他的脸耷拉下来:“被你害惨了。”

我站起身来:“好了,我要回去了。”我转过头去,发现外面的地面已经湿了。

“你带伞了吗?”

“没有。”

“那怎么回去?会冻着的。”

“那你这里有伞吗?”

“也没有。”

那天中午,雨下得很大,而且没有一点儿要减弱的样子。奶茶店里就我和他。他从店后面的厨房里端出一盘炒饭。

我心里骂他:“这么小气,只有一份,没见我还待在这儿吗?”

正愤愤不平时,他把饭放在我面前:“吃吧,饿了吧?”

“怎么只有一份?你不吃吗?”

“我不饿。”

“那我怎么好意思?”我看到店柜台上放着许多空盘子,便拿了一个,“我们一起吃吧,一人一半。”

他笑了笑,我把饭分成两份。那一次,我们吃得很开心,很普通的炒饭却变得很有滋味儿。

“你叫什么名字?”

“林学,树林的林,学习的学。”

“我叫楚宏,清楚的楚,宏大的宏。”

“我看你是楚楚动人的楚,刚刚那个小姑娘被你迷得神魂颠倒。”

“你要留下来做兼职吗?”

他的语气是那么小心、诚恳,我突然被打动了,我想回答“真的不确定”,然而就在张口的那一瞬间,我的心却软了下来。外面冰冷的雨水,让我不想离开这里。

“嗯,是的,我要留下来!”

他的表情一下子舒展开来。

“以后你就是我老板了。”我说。

“以后不许喊我老板。”他又接了一句。

我没有问为什么,如果真的称呼他为老板,我也会觉得很怪。因为在我心中,老板总是大腹便便、不可一世的样子,而他一米八的身高,虽不是在夏天,身穿 T 恤衫,却也可以看见他极好的身材。他很爱锻炼,奶茶店的墙角放着一些体育器材。他的肤色是那种受过阳光恩宠的小麦色,五官也十分精致。

天已黑了,时间过得很快,一下午的时光走得猝不及防。雨小了很多,却也没停。

“我送你回去吧!”他站在我身边,屋檐下滴着水,街心发黄的水坑,映着我们并排的身影。

他开车送我回去,到了校园门口,他说:“把我的手机号码存一下,方便联系。”

我拿出手机,也把自己的手机号码告诉了他。

我下了车,走了几步,手机就响了,是他的短信:“不要熬夜,明天……尽量早点儿来上班。”那一夜,韦鸿光在宿舍噼里啪啦地敲着键盘,他与齐颜的话总也聊不完。到了半夜,我没有睡意。外面安静了,风停了,雨停了,可是我的心跳动的频率却一直高于平日,我沉醉在那个奶茶店里,回味着那盘炒饭。闭上眼,睁开眼,想的、念的都是那个身影的一举一动。

从那一刻起,我的生命多了数之不尽的回忆。

我没有睡好,听着韦鸿光的鼾声到了天亮。

三　爱与哀愁

很快地，冬日悄然而至，它让秋季退出了舞台。那一个秋天，无数的雨天，以及父母走到尽头的婚姻，在这灰色的季节里，我的生活可以说是一团糟。

然而，就在那深秋时节里，有一样东西却悄悄地向我靠近，它的到来使我快乐，使我忧愁，也使我的生活发生了本质的改变。

冬日的早晨，外面有一层淡淡的雾霭，好像轻柔的丝绵，上课途中我有种吞云吐雾的感觉。我没有太多心情听课，昨晚从奶茶店回来得太晚，又加上失眠，我没有睡好，便用白天来补觉。到了下午，天空开始发亮，那刺眼的亮色使整个天空的位置好像升高了许多。

我们坐在教室里，到了第三节课，教室里就开始骚动了，坐在窗户边的同学掀开窗帘，亮白的天空飘起了小小的雪花。南方的冬天很少下雪，然而没有雪的冬日，就好像身边没有了王子的公主，多少让人感到遗憾。因而，即使再小的雪，也让我们激动不已，整个心思都飘到了室外。

下课后，我走出教室，外面的雪似乎大了起来。枯黄的干草已盖上了一层棉被，没人走过的小道像是铺上了一条白色的绸缎。

我回到宿舍,放下书,便急急忙忙地向奶茶店走去。

校园的外面是公园,人们乐于亲近雪。街上的情侣撑开伞,缓慢地走着,谈笑间深情地凝望着对方。我远远地望着他们,雪的到来美化了他们的爱情。

我站在站台上等公交车,看着离我最近的那一对恋人,男子将女人的手放进怀里,女人亲昵地搂着他的腰。天气寒冷了,人们的距离却在缩短。

奶茶店的生意很好,冷冷的天气,无论是单身还是情侣,都爱在暖暖的奶茶中寻找一份温情。

外面的队排得很长,许多人的头顶落满了雪花,发梢也湿漉漉的,往下滴着水。

楚宏忙得来不及看我,他调奶、搅拌、封杯,所有的程序一气呵成。我换下衣服,挤到他身边。他看了我一下,问道:"冷吗?"

"不冷。"我按照他的话配合着他工作。

直到晚上九点才没了人。那么冷的天气,除了情侣,大概没人会愿意在街上逗留。渐渐少去的顾客,让我们有了聊天的机会。

"我以为你今天不来了呢!"楚宏看着外面的雪说。

"我如果不来,你岂不是会忙坏?"

"不是忙坏,是心情会坏,会……"他停住了,没有说下去,而是转口问道,"你怎么不问我给你发多少工资?"

"我不是为了工资而来的。"

"那是为了什么?"

"为了生活得有趣一点儿,好玩一点儿。"我笑着说。

他似懂非懂地点点头。我发现原来右边墙上的画,其中一幅被换成了十字绣,绣的是一名男子,戴着鸭舌帽,嘴角上扬,透出坏笑的神情。

我看着眼熟,心里却吃了一惊。"是你吗?"我指着楚宏问。

"是啊!"

那时的气氛突然紧张了起来,我的心里也感到莫名的害怕、慌张。我看着他,很小心地问:"是你女朋友送的吗?"

"你很关心这个问题?"

"没有,我只是随便问问。"

"不是,只是一个很好的普通朋友送的。"

他在说到"普通"的时候,两个字的音拖得很长、咬得很重。

我一个人走到柜台前,身后传来浓浓的烟草味。

他在抽烟,我回头看他。他坐在椅子上,身子 120 度倾斜,嘴里不间断地吐出一个个烟圈,烟圈不断上升,很快又散开、消失。他的眉头紧皱,心中好像装了许多事,那些事一定很难解决,才让他这样惆怅。

烟味传到了我身边,我不爱闻这个味道,忍不住咳了几声。他走进厨房,几分钟后又走了出来。我知道,他听到了我的咳嗽声。

他来到我面前,刚刚那个化不开的惆怅,已在他的脸上荡然无存。我开始好奇,开始捕捉他的表情,猜测他的人生。我开始思考他的一切。

"他因为什么而烦心?又为什么恢复得如此之快呢?"

我发现,我们都是心怀秘密的人,因而每一步都走得小心翼翼。他不说,我不敢问,生命的复杂也就在这一刻显现。然而,我有多热爱这种复杂,它包含了爱,包含了向往、追寻,它好像使我重生,使我告别过去二十一年的平淡、琐碎。并且为了这种复杂,我愿意付出一切,愿意迎接它带来的种种风雨。

当我第二天走进奶茶店时,那幅十字绣已经被取了下来。

我问道:“那幅十字绣呢?怎么取下来了?绣得很好看啊!”

“不是绣得好看,而是因为绣的图案是我!”他摆出一副酷酷的表情,问道,“你喜欢吗?”

“喜欢!”我并没有琢磨他的问题,等到明白过来,有点儿生气,却只是笑着说,“我喜欢的是那幅十字绣。”

他双手搭在我的肩膀上,一双眼睛看着我:“我又没说你喜欢画中的人。”

他的这句话涌进我耳朵里,使我的脸发烫,从脸烫到了心里,烫得我迷迷糊糊,脑袋空白,心中慌乱,不知所措。我打开冰箱,从中拿出两块冰块,握在手心,好让我发烧的身体冷却下来。

“你疯了?”他手里拿着烟,没有点燃。

“没有。”手中的冰块正在融化,冰冷的水顺着手臂滑入我的袖中。

“快放下!”

我没有理他,不叫他老板,渐渐地我便模糊了这层关系,心中早就没有了上下属的概念。

他见我没有回应他,便把烟往桌上一丢,伸手来掰开我的手,整个人被他从背后抱住。

最后他胜利了,我的手被迫展开,冰块已融化,只剩下一个绿豆大小的冰珠。

他把我松开。第一次,我紧紧地贴在他的身体里,他也第一次将体温传给了我。过后,我从中找到了一种安稳与踏实,这是我一生的痴迷。

他看着我冻得发红的手说:“你怎么那么傻?”

“你在责怪我?”

“不是,只是害怕你冻着!”

“没关系的。”

“说你喜欢我,就算是喜欢,你有必要反应这么大吗?”

我没有再理他。

他的语气里是责怪,又有一种淡淡的埋怨,又在其中充斥着心疼、渴望。这是我当时读出的感觉。

我利用所有的课余时间去奶茶店,我的人被留在了那里,心被留在了那里,所有的意识也都被留在了那里。我知道这很危险,然而心甘情愿。

那时,我再也没有因为有大把多余时间无事可做而烦恼了。

那不足四十平方米的地方,让我心驰神往。

待在奶茶店里,没人的时候,我爱发呆,心里却思绪重重。

我回味他的笑容、好看的脸庞,还有那一双能把我的手一把握住的手。后来的日子里,我观察过他的手,他的手很大,足以将我的手握在手心,皮肤很细腻,不白,却让人心动。

在奶茶店结束一天的营业的时候,他会开车送我回去,一开始我坐在后座上,后来他让我坐到副驾驶位上。在我心中,这是一个特殊的位置,只有心爱、亲近的人才会坐在那里。

只是,他是这么想的吗?

在夜色里，他注视着前方，他开车的表情，犹如平静的湖水，而这种平静是纯粹的，没有杂念。车子把一盏盏路灯丢在身后，我透过车窗，看着昏黄的灯光。每一盏灯好像成了相机，记录下我们并排而坐的场景，照耀着我心中蠢蠢欲动的念头。

到了学校以后，他会下车，和我从校门口走到宿舍。十分钟的路程，安安静静，只有我们两个人。我们聊天，聊过去，聊现在，讲笑话，喝着从店里带出来的牛奶。

他看着我走进宿舍，我会站在楼上，在宿舍的窗户前看着他一个人离开。他的步伐也是如此缓慢，他也总会在走完几步之后回头看看。

他也在眷念这段谈天说地、两人共处的时光吧！

我知道，我爱上他了。他对我，大概也是这般感觉。只是我说过，我们都是有秘密的人，因而我们每一步都走得小心翼翼，怕伤害自己，也怕伤害别人。

四　情难自制

离寒假只剩下一个月了。在放寒假之前，有一波令我们闻之色变的期末考试。

我对考试有一种天生的畏惧，就像许多人天生害怕老鼠一样，不用亲眼所见、亲身经历，光是想想就觉得可怕。

我承认，自我出生的那天起，我的骨子里就存在着懦弱的成分，这与我以后面对爱情时所表现出来的勇敢格格不入。

我不仅不敢面对生活的挑战，而且还会凭空编织出许多恐怖的事情，自己吓唬自己。

那是在初中，我只有十五岁。某一天的傍晚，我乘客车去看望奶奶。奶奶家在农村，下了客车之后，还需步行一个小时。那天，我背着书包，在终点站下了车。天快要黑了，夕阳暗淡了下去，天空的颜色渐渐变深，由黄转黑。

夜色里，夏天的虫子、青蛙开始了它们的夜生活。我将书包放在胸前，好像那是一种不自觉的保护，可以让自己心安。

我的脚步不自觉地加快，后背开始出汗，脚底感到阵阵疼痛。我尽量让自己的脑袋放空，不对这农村的黑夜加以任何的遐想。

路程走了一半，天已经完完全全黑了。这时，我听到背后有人唱歌，歌声很大，每一句歌词都可以听得很清楚。我小心地朝背后看，没有人！不，是看不见人！我通过歌声的清晰程度来判断唱歌的人与我的距离。

应该不远，他能看见我吗？他在我背后唱歌，是疯子吗？那一次，歌声简直成了恐怖电影里的尖叫声。

我害怕了，电影里、新闻上，看过太多丧心病狂的人贩子。我幻想着被拐卖的孩子的种种可怕遭遇。想了一阵后，我尽量让自己冷静下来。遇到突发情况，又没人在我身边，我本能地保护起自己来，开始对身后的这个人进行分析。

首先，他应该是一个疯子，否则，谁会在黑夜里放声歌唱呢？谁会这样展示自己如狼一般的叫声呢？当时，我自然不觉得他唱得好听。然而，我很快排除了他是疯子的可能性。哪一个疯子，在精神失常的情况下，可以记清楚每一句歌词？他唱的歌我听过，没有走音，歌词没有丝毫错误。然后，我想到他应该是一个喝醉酒的人，可是一个喝醉酒的人咬字又怎会如此清晰呢？再猜，他是个人贩子，这是最可怕的了。可是人贩子与唱歌有什么关系？再者如若他想拐卖儿童，又怎会如此明目张胆呢？

我不断地给这个人变换身份，又不断地否定自己的判断。最后，我不知道他是干吗的。由于对这个人一无所知，所以我更加害怕。然而，我也只能放开脚步，马不停蹄地跑了十几分钟。我一路上担惊受怕，但是整个人最后还是安然无恙地到了奶奶家。

时隔很久，当我回想起这件事的时候，却感到自己的可笑。人家或许只是单纯的唱歌，既不是疯子，也不是酒鬼，更不是人贩子。我完全是自己吓自己！

我笑自己愚蠢，可是自己吓自己却陪伴了我很久，从有记忆开始到现在。

就像考试,从读书的那一天起,无数次的月考、期末考,以及在父母眼中决定人生的中考、高考,每一次的考试,无论我准备得多充分,或者我的学习有多优秀,在知道即将考试的那段时间里,我常常失眠,幻想着考不好的痛苦。

因而,我也一直羡慕那些没心没肺的人,他们那种对一切无所谓的态度,让我可望而不可即。

然而,这一次却变了,在离考试还有半个月的时间里,我没有一点儿担心,往常因为考试而有的焦虑也消失得无影无踪,更没有担心、失眠。

爱能让人重生。

我照常在课余时间去奶茶店帮忙,而陶玥已经赚足了钱,原本只是想要给陈哲买一件羽绒服,如今可以买一套情侣装了。

在奶茶店的垃圾桶里,我发现有许多咀嚼过的口香糖,一团一团的,粘在纸巾上。在厨房柜子里,我也看到摆放了好多木糖醇的瓶子。我数了数,一共十五瓶,有柠檬、草莓、薄荷等各种口味。

没有客人的大部分时间,我们坐在前台看电影、聊天。

"你知道我为什么会选择开奶茶店吗?"

"我之前也想问你,大学毕业,受过高等教育,怎么会选择开店呢?"

"因为我喜欢,我喜欢开店,喜欢过自己想要的生活,为了这样的生活,我也会努力。"

他说完话,开始清嗓子,整个人有点儿不自然。闷闷的,没有生气。他拍了拍自己的口袋,我知道他的烟瘾又犯了。

他从羽绒服的口袋里拿出两粒口香糖放进嘴里，然后抿着嘴唇，慢慢地嚼着。

“你在戒烟?”

“嗯。”

“为什么?”

他站起身来，将嘴里的口香糖吐在纸巾上，扔进垃圾桶里，又倒了一杯水，咕咚咕咚地喝了下去。他喝水的时候，头昂得很高，喉结完美地凸显出来，也可以看清他下巴的轮廓。

“干吗要戒烟?”

“为一个人。”

“那个人对你来说很重要?”

“男人戒烟，往往不是为了保护自己，而是为了保护心爱的人。”

“是为了那个十字绣女孩吗?”我故意问。

“你傻吗?当然不是。”他的嗓门突然提高，吓了我一跳。

他看到我受惊的表情，语气又变得温柔起来：“可能是因为我在戒烟，心情有一点儿烦躁。没吓着你吧?”

“没事。”

傍晚的时候，学校公布了期末考试的具体时间。

“我快要期末考试了。”我对楚宏说。

“那你不是要突击复习?”

“是啊，你还要不要我来店里?”这句话说完的时候，我有一点儿后悔，害怕他给我否定的答案。

“当然要来，不用你干活。我把后面厨房收拾一下，你可以在那里复习功课。”

我笑着说:“离了我,你是不是特别不习惯?”

“是啊,养成一个习惯需要二十一天,而你来这里都快两个月了。”他也笑着说。

我们的笑容没有停,在笑容的背后隐藏着我们的暧昧。

“对了,我给你放两天假,明后两天你不用过来上班。”

“你有事吗?”

“嗯,我要去外地,参加表姐的婚礼。”

两天不见,我会不会不习惯呢?我已经习惯了天天看见他,习惯在课余时间来到这个小天地,灵魂习惯了这份安稳。习惯有多可怕!

明后两天是双休日,我和陶玥出去逛街。我没有好好观赏过这个城市,在我心中,所有的城市几乎都是一个模样,充斥着钢筋、水泥,有什么值得看的?若说城市对人有一丝吸引,那就是它是热闹且丰富的,会让孤单的人获得一种慰藉。当然,也有可能得到更多的孤独。

我和陶玥从校门口出发,校外不远处是一个很大的人工湖,湖边的柳树披散着枯黄的头发,树上的几只小鸟偶尔发出一两声啼叫,这让整个冬天显得更加肃穆。今天的阳光很好,照在身上暖洋洋的,柳树底下黄色的草地上,几个小孩、老人正在愉快地玩耍。

人工湖是由人创造,也由人扼杀,曾经的碧水清波,如今成了墨池污水。它的尽头是这座城市最发达的地方,那里总是喧嚣不止、热闹不断。

我们往人群中走去。有时逛街不是为了购物,只是为了打发时间,或者在这嘈杂的世界满足一下自己的物质需求。

我和陶玥经过一个卖杯子的商店,隔着玻璃墙,我看到了一个特别好看的白瓷杯。

我盯着杯子对陶玥说:“我们进去看看吧。”陶玥没有回应我,我又说了一句:“我们把它买下来好不好?”她站在我身后,安静得犹如一尊蜡像。此时,我才发现她一路沉默,在这一小时的逛街中,她没有说一句话,而我只顾着看车水马龙、人来人往,一点儿也没有在意她。

我用手指戳她的手臂,她问:“怎么啦?”

“你在想什么?”

她没有说话,只是摇摇头,然后走进店里,拿起一个咖啡杯把玩。

我从不追问她不想回答的问题,不干预她的事情,该说的时候她自然会告诉我的。

我拿起让我一见钟情的白瓷杯,杯身洁白,没有一丝瑕疵,杯盖上印着两片揉碎的玫瑰花瓣。

我拿着它向收银台走去,可只迈了两步,就听到陶玥“啊”的一声,紧接着便是清脆的破碎声。

五　爱我

整个杯子店都没了声音,几个客人停下脚步,收敛了笑容,闭上嘴巴,然后目光都集中在了陶玥身上。

原本站在收银台的那个女人,快速地向陶玥走来。这个女人中等身材,身上穿着一件白色红边的毛衣。

毛衣女人怒目圆睁,陶玥低下头。我连忙站到陶玥身旁,笑着说:“对不起,她不是故意的,她……”

我还没说完,一个声音便盖过了我:“对不起有什么用?”

“我们赔,真的很抱歉。”

“赔!”她踩着高跟鞋,踩得木地板咯吱咯吱响。很快她从收银台拿来一个计算器,啪啪按了一阵,然后将计算器在我面前晃了晃,说:“五个杯子,一共六百九十九。”

我惊异地看着这个数字,不敢相信地看着她。

“你们自己看,这里哪个杯子不是百元以上的?”

陶玥附在我耳朵边说:“我没有那么多。”

我悄声说:“没关系,我有。”

我从钱包里拿出七百,楚宏在前天给了我一整月的工资,一共一千五百元。

毛衣女人接过钱，麻利地数了数，依然一副吃了大亏似的样子说了句："不长眼睛，你以为这些杯子都是泥做的吗?"

我们心情沉重地从杯子店走了出来，我知道陶玥受了惊，她一贯平静温柔的生活里，肯定从来没有和这般凶恶的女人打过交道。

"走吧，我们去吃饭！有一家饭店的自助餐特别好吃。"

她抿着嘴唇，点点头。

走了一半，她突然蹲在地上，两手抱住头哇哇地哭了起来。我去扶她，她抓住我的胳膊，哭着说道："我和陈哲分手了！"

"什么?"我本能地问了句。

"我和陈哲分手了。"她以为我没有听清楚，又说了一遍。

"怎么会这样呢？两个月前你们不是还好好的吗?"

她打断我的话："我好想他，我感觉自己快要死了！"

我终于明白她这一路的沉默，也懂得了她在杯子店里为何失魂落魄，一向小心的她为何会打碎杯子了。

她呜呜地哭着，慢慢哭泣变成了哽咽，身子不断地颤抖。我没有说话，我不知道应该说什么。人类的语言如此微妙，一个字可以让沮丧的人看到光明，也可以使心情愉悦的人瞬间跌入谷底，但没有哪句话能让失恋的人瞬间变得快乐。

那天的午饭，陶玥是混着眼泪吞下的。她的眼泪流个不停，这让我想起了九月的天气。就这样，她不知疲惫地在城市中行走，在人群中跌跌撞撞。

她五岁没了父亲，我以为经历过这样的悲痛，人生再也没有什么困难可以打倒她，可以让她流泪。曾在许多人的眼中，她只有平静，偶尔的一丝微笑，再加上她温柔、内敛的性格，让她成了天使。

然而,此时此刻,我错了,任你铜筋铁骨,也抵抗不了爱情的折磨……

人,不惧世俗事物的挑衅,但在情前,易伤易痛。

在回学校的路上,她向我说了他们分手的原因。她哭得太久,说话断断续续,不成内容。不过,我还是明白了,造成分手的最大原因是距离。距离产生了冷漠,并蚕食着爱情,直到爱情消亡。两个原本希望相守一生的人,却无奈分手了。

我们回来的路上要经过长途客运站,两个月前,陶玥就是在这儿送别陈哲的。我记得他们的不舍,也记得他们深情凝望的眼神。恋人间的分离总是格外痛苦。如今的车站,就如同古时的渡口,把一个人留在了陆地,让另一个人漂在水面。从此,他们的世界便不同了,再也没有交集。

这两天,我都陪在陶玥的身边,尽量不让她有独处的时间,一个人静下来时,总会胡思乱想的。可是,她也总在我毫无准备的情况下,眼泪就流了下来,有时也会像进入催眠状态一样发呆。

昨日,我翻开那年的日记,上面写着两句话:青春,我们看着它被天使带走,失恋成了一生中不可避免的宿命。原本以为美好的岁月,却被无情的人割得支离破碎。

我安顿好陶玥,便急着去奶茶店。

下午五点,我围着一条深蓝色的围巾,穿着米色的羽绒服,脚上穿着一双灰色的雪地靴,向奶茶店走去。

我站在站台等公交车,一辆银白色的轿车停在我面前。我觉得车子很眼熟,车窗被拉下来,原来是我的哲学老师袁文深。

"上来吧,我载你一程!"

我上了车,在冬日的冰天雪地里,车子里淡淡的山茶花味将我包围。

"去哪里?"

"××路。"

这一路很快,十五分钟便到了。

我朝袁文深老师说:"谢谢您!"

"不客气,老师还要谢谢你的帮忙呢!"

上个月,我和另外一位同学帮他出了一期哲学校报。

我向他挥挥手,他很熟练地将车子转了个弯,然后驶向远处。

我们每个星期有两节他的课,他永远都是一身西装,西装里面是一件白色的衬衫,再加上不同颜色的领带。

第一次上课,他从古希腊谈到古中国,从苏格拉底谈到黑格尔。他有一手好看的粉笔字、一口标准的普通话,这让处于二十岁年龄段的女生们彻底迷恋上了他。我原本以为枯燥的哲学课大家都不愿意上呢,可是一学期下来,他的每堂课都座无虚席。

在学校里,我们都知道他是一个单身男人,五十岁的年纪,条件不错,却没有一个女人陪在他身边,因此学生们给他杜撰了许多故事。

我听齐颜说,那年他大学刚刚毕业,爱上了一个女人,他像天下所有具备责任心的男人一样,为了给自己心爱的女人一个更好的生活,没日没夜地奋斗。然而就在他为理想生活奋斗的过程中,那个女人却生病死掉了,给他留下了一个两岁的女儿。上天跟他开了一个天大的玩笑。

此后二十多年的岁月里,他尽可能用上自己所有的时间来照顾女儿,希望给女儿一个快乐的童年。

他总是穿着西装,因为他的妻子说过,穿西装的他是世上最英俊的男人。他不喝咖啡,不抽烟,也不会喝酒,因为他的妻子在临死的时候要他好好活着。他也总戴着那枚发黑的银戒指,那是他们订婚的信物。

我原本不相信这个故事,然而就在陈哲与陶玥分手后,我相信了,相信这个世上还有一个痴情的男人,相信书中的故事可以在人间真实地呈现。

我想,袁文深老师的一生,无所谓孤独,也没有伤感,如果离别是必然,心又无法死去,那么记住不忘就该是满足与温暖。

我思索着,嘴角泛起了微笑。

天上的晚霞散去了,奶茶店还没有开门,我打电话给楚宏,却是关机状态。眼看着夜越来越深,我被冻得在店门口直跺脚。我发了短信告诉楚宏,说我回去了。

刚迈了几步,后面就有人喊:“林学,林学……”

我一看是楚宏,他正飞快地向我跑来。

“你来多久了?”他伸手摸了一下我的手,“好凉啊,快进来吧!”

“高速好堵,整整堵了三个小时。”

“看你冻的,快用热毛巾擦擦脸。”

他连说了三句话,每一句都是用抱歉的口吻。

“下个星期复习,我想带一个朋友过来。”

“可以啊。”他给我倒了一杯热水。

我还是不放心陶玥,不想把她一个人扔在学校。

元旦学校放了一天的假。

城市刮起了回味经典的风气，各个电影院都张贴着《泰坦尼克号》的宣传海报。我以前没有看过这部电影。海报上，杰克与罗丝站在船头，杰克从背后将罗丝抱住，罗丝张开双臂，迎着海风，迎接爱情。

这部电影已经上映两天了，里面的经典台词一下子在校园里流传开来。在人工湖边，一对情侣抓住护栏，男的嘴里说着“You jump，I jump”（你跳，我就跳）的台词，和自己的女友一起扮演着《泰坦尼克号》中的角色。

晚上，楚宏关了店门，他从包里拿出两张《泰坦尼克号》的电影票，说：“我猜你肯定没看过这部电影。”

“你怎么知道？”

“猜的。”

从上映的第一天我就很想看，我想对楚宏说，却又觉得尴尬，去看这部电影的一定都是情侣，说不定还会遇到许多认识的同学。只是就在楚宏拿出电影票的那一瞬间，我却没了那份担忧。有他陪我，没必要害怕什么了。

楚宏很细心地买了零食、饮料。

电影长达三个多小时，杰克将救命的木板留给了罗丝，自己浸在冰冷的水中，乞求着罗丝要好好地活下去。我侧着脸看楚宏，楚宏怔怔地看着我，我们都试图从对方的脸上解读出彼此对这部电影的看法，对这样爱情的理解。

走出电影院，我仍在回想着年老的罗丝将一颗“海洋之心”丢入海底时的表情，她长长地叹了一口气，那一天她终于将压在心底近百年的故事讲述给了世人，终于可以把她的思念倾吐出来。

"有一天,他们一定会团聚的,就像电影的结尾,在众人的祝福中,他们深情地拥吻在一起。"我对楚宏说。

"会的,一定会!"他朝我笑着说。

从电影院回到学校已经深夜十一点钟了,宿舍的大门已经锁了。

楚宏说:"去我那儿吧!"

"不行,十二点以后宿舍管理员会查寝的。"

"有了,跟我来。"

我的宿舍在二楼,这时楚宏的身高优势就显了出来。我站在他的肩膀上,韦鸿光在上面拽着我,最后我安全地爬了进去。第一次我感到自己如此狼狈。

或许,我以前也狼狈过,只是没有这一次那么害怕,那么在意自己的形象。

我朝着楼下挥挥手,楚宏也笑着向我挥手。冰冷的风吹进我的领口。我是多么不愿意和他说再见,相聚是那么短暂……我太贪心了!

上完了这学期的最后一节课,我看了看手表,已经十一点半了。我去食堂吃了午饭,便回到宿舍睡起了午觉。冬日的午觉让人上瘾,温暖的被窝让我留恋,手机铃声把我从梦中唤醒。

"林学,我受伤了,快来医务室!"

是韦鸿光,他说完便挂了电话,语气很沉重。

我快速下了床,穿好衣服,慌慌忙忙往医务室赶。在路上碰到了齐颜,两人刚到医务室门口,便听到韦鸿光痛苦的哀号声。

"喂,你怎么了?"我走上前去问他。

他看到齐颜，挤出一个难看的笑容：“打球时被人绊了一下，伤了胳膊。”齐颜着急，又在他的肩膀上碰了一下，韦鸿光“啊”的一声，吓住了在场的所有人。

我问身边的护士：“他怎么样？”

护士说：“骨头错位。”

“严重吗？”

“嗯，需要打两个月的石膏。”

说完，护士就转身去准备材料，我们在一旁等着。韦鸿光疼得浑身冒汗，嘴里还不停地说着脏话。我看了一下周围，都是输液的病人，透过一层玻璃墙，我看到了一个很眼熟的侧脸。

“袁文深老师。”我心里想着。

从远处看，他的手上插着输液针，坐在椅子上，看着墙上的电视，神情专注。

我对齐颜说：“你照看一下韦鸿光，我去隔壁看一下我的老师。”

“嗯，你去吧。”

我来到第二输液室，看见袁文深老师艰难地用一只手想要取出纸里的药丸。

我走上前：“老师，我来吧。”

他看到我：“哦，林学啊。”

我把药丸放在他的手心，又给他倒了一杯水。

“您不舒服？”

“感冒了，你呢？”他上下打量着我，似乎也看出我不像生病的样子。

“我来看韦鸿光，他打球的时候伤了胳膊。”

"韦——鸿——光。"他一个字一个字地念着,试图想起这个人,然而并没有想起。毕竟,他每个星期只有两节课,而且有近两百个学生,要清楚地记住每个学生的名字的确很困难。

他把药丸吞下,又喝了一口温水,缓缓地舒了一口气。

"快考试了,要好好复习。"

"是啊,最恐怖的半个月来了。"

他笑了,却没有看到有一个女孩正朝他走来。

"爸!"

原来是袁文深老师的女儿。

"哦。"袁文深应了一声。

"我女儿。"他对我说,然后又面向他的女儿说,"孝怡,这是我的学生。"

袁孝怡长得很好看。她披着头发,黑色的羽绒服快到膝盖,身形十分匀称,年龄应该和楚宏差不多,二十五六岁的样子。

袁孝怡坐到袁老师身边,帮他整理衣领。她带着开玩笑的语气说:"袁先生,稍微降一点儿温您就感冒了。"

袁文深幸福地笑着。他一生独守着光阴,将一个男人所有的贪欲毁灭,正为了这一刻与女儿的亲近。他满足了,上天从不会亏待有情的人。他们的天伦之乐我不便打扰,便笑着说:"我去看看韦鸿光,老师您好好休息。"

"好的。"父女俩向我挥手。

等我走到韦鸿光身边时,他已经包扎好了手臂,一块巨大的白石膏将他整个胳膊固定住。看他狼狈又痛苦的样子,像极了一个在战争中负了伤的战士。

第二天,他就被他父亲接走了,学校仁慈地免除了他所有的考试。等他伤好了,下个学期补考就行。

复习周开始了,我和陶玥很幸福地拥有了一个良好的学习环境——奶茶店的厨房,不用拼死拼活地去抢图书馆里的座位了。

人们常说,大学生活,有四五个月是幼儿园状态,两个星期是高三的节奏。

去年的迎考周,每天五点多钟,图书馆的门前便已站了许多人,长长的队伍从门口延伸到机动车道。开馆的时候,由于人太多,一扇玻璃门被推倒在地,碎了一地的玻璃碴儿。这件事还上了报纸。

《泰坦尼克号》的海报已经被取了下来,换上去的是另一部科幻片的宣传海报。可我还是会回想起里面的情节、人物,我像中了毒一样,为了这个故事闷闷不乐,就连复习时也是心不在焉。

已经过去十几天了,陶玥的心情似乎好了点儿。那时,我偏执地认为她自五岁以后所培养的抗挫力慢慢地让她一步步从失恋中走了出来。想到她刚刚失恋的样子,和现在进行对比,我为现在的她感到骄傲,何必为了一个男人,抬举了他贬低了自己。

她的性格有了一点儿变化,变得爱说话,也会主动问一下自己想要知道的问题的答案。

只是,我看不清楚她的内心,不知道她是否把某些无法淡化的情绪深藏在心里。

在奶茶店里,我们从早上八点待到晚上十点,楚宏负责为我们做饭。

在厨房里,陶玥轻声问我:“楚宏为什么对我们这么好?”

我摇摇头,把头埋进书本里。

是我们彼此不说的爱意,是我们对对方不一样的感觉。

期末考试结束了,原本应该收拾行李回家的我们,却各有心事。韦鸿光受伤了,齐颜要赶去他的城市去看他。而我呢,忧愁这个假期的到来。陶玥是要回去的,可是我看见她把那件自己辛苦挣钱买来的羽绒服捏在手里,发了半天的呆。那一刻,她是不愿回家的吧?那个城市是她与陈哲爱情开始的地方,回去了难免触景伤情。

考完试的第二天下午,我帮她提着行李,把她送到了火车站。

"回去的时候会不会碰到陈哲?"问完之后我又后悔自己多嘴。

"别提了,我不想听到他的名字。"这是她在上火车前对我说的最后一句话,连最后的道别都没了,她失魂落魄地走了。

我终于明白,生活还是要继续的,失恋了,生活也要继续,所以坚强地笑着去面对每一天。然而,在每个人的心里,都有我们不愿深思的苦痛。

这就是她选择乘火车,而不是乘汽车的原因。

从火车站回来,我看见了袁孝怡。她从书店出来,与我撞个正着。

她笑着说:"是你!"她好像不记得我的名字了。

"我叫林学,袁老师的学生,我们见过。"

"嗯嗯,我记得。"

她手上拿着两本书,一本是《心理分析五讲》,一本是《心理学与生活》,原来她是学心理学的。

她见我看着她手里的书,笑着说:"闲来无事,打发时间。"

"我很羡慕那些学心理学的人。"

"为什么呢?"她问。

“我从小就认为学心理学的人可以读懂一个人的心，可以看出一个人是否撒了谎、犯了错，因而对心理学家总是特别畏惧。”

她被我逗笑了：“没那么神奇！不过，如果有什么不开心的事情，可以跟我说，我可以帮你分析分析。”

她的个性很开朗，说话很有节奏，十分好听。当我们挥手告别时，她从包里拿出一个小小的玩具熊：“送给你。”

“谢谢你。”我双手接过。

“爸爸经常提到你的名字，看得出他很喜欢你。”

我笑了笑，她又告诉了我她的电话号码，让我有时间去找她。

我回到奶茶店，店门却是关着的，正准备给楚宏打电话，店门突然又开了。

“林学。”楚宏站在门口喊我。

“你在里面？那怎么把门关了？”

我走了进去，楚宏又从里面把门关住，把外面的世界挡在外面，外面的人看不到里面的我们。

“放假了，你也快回去了，我想和你好好地待一会儿，两个人安安静静的……就这样。”他欲言又止。

我“哦”了一声，坐在了沙发上。

电视屏幕上放着朱莉娅·罗伯茨和休·格兰特主演的爱情片《诺丁山》。

一个女明星与图书管理员的故事，我在大一就看过。影片中的安娜·斯科特是好莱坞当红的电影明星，站在威廉·萨克面前说：“我只是一个女孩儿，站在一个男孩儿面前，祈求他爱她。”我想到前不久的《泰坦尼克号》，一个女贵族与一个穷画家的爱情。爱情的种子，是不分身份与阶级的，遇见对的人，它就会发芽、生长。

看完电影,楚宏走进厨房,他喊我:“过来,一起做饭。”

“我不会。”

“那你帮我洗菜。”

楚宏做菜像调制奶茶一样熟练,锅碗发出音乐一样的响声,香气溢满了整个房间。

我好奇地问他:“为什么奶茶店里会有一个厨房?”

“我喜欢做饭。”

“爱做饭的男人可有魅力了!”我夹着一根豆角放进了嘴里。

楚宏用胳膊蹭了我一下:“那我有魅力吗?”

“前提是要做得好吃,我只吃过你做的蛋炒饭。期末复习的时候,天天吃的都是你订的外卖。”

我突然想到那一盘蛋炒饭,白白的米粒,混着葱末与胡萝卜丁,那已经是两个月前的事情了。

“不会让你失望的。”

楚宏的菜的确做得很好吃,那天晚上我吃了许多,这是对他最大的肯定。他很开心,收拾餐盘的时候嘴里一直哼着小调。

我打开店门,外面的天黑了,街心传着清晰的风声。我背对着楚宏说:“明天我要回家了。”谁都可以听出我的伤感。

“你舍得离开我吗?”

我沉默着转身,楚宏拉开羽绒服的拉链,双手插进口袋,他将羽绒服敞开,对我说:“快进来。”

我站在原地不动,他走上前,嘴里说着:“怎么不听话?”随即便把我抱进怀里。

他模仿着《诺丁山》里的台词:“在你面前,我只是一个男孩儿,并且希望你能够爱我。”他说得很轻,很小心,把我抱得很紧,生怕会被我推开似的。

我伸出双臂,搂着他的腰,那种温暖使我想要哭出来。

“你知道吗,我是为了你才戒烟的。”

“我知道啊。”

“那你怎么不说,还问我是不是为了别人?”

“我是故意那样问的,想让你主动告诉我。”

“为什么这么坏?”

“是机灵,不是坏。”

我们在店里待到十点多,最后他说:“今晚回我家睡吧。”

他开着车,我听到外面呼呼的风声,一路上灯火通明。不知为什么,冬夜的灯光照射出的不是温暖,我感到的是一种凄凉,就好像冷艳的口红,热热的红,可在嘴唇上却有着让人不敢靠近的冰冷。

到他家时已经十一点半了,我没有想到,他的家离奶茶店那么远。

我感谢它的遥远,就像每次他送我回学校一样,我坐在他身边,希望路上可以堵一点儿,希望每到一个路口红灯都刚刚开始,这样我就可以在他身边待得久一点儿。有他在身边,我没有着急,没有不安。

他的家人大概已经睡了,客厅的灯熄了,很安静。我们轻手轻脚地穿过漆黑的客厅,爬上二楼,宛如两个小偷。当我进入他的卧室时,才有了一种偷了东西没被发现的轻松,也好像害怕坐船的人,在海上颠簸了几天,初次踏上陆地那样踏实。

我深吸了一口气,打开灯,看了看他的房间,一张白色的床,床上是一条黑白格子的被子,墙边有一个玉白色的衣柜。他打开衣柜的门,拿出两条干净的毛巾和一条又大又厚的浴巾,拉着我进了卫生间。

我说:“我不洗澡。”

“没让你洗澡。”他笑着说。

他把浴巾晾在卫生间的杆子上,我们洗了脸,洗了脚,换上暖暖的拖鞋。

他的房间有一个大大的飘窗,我们坐在上面。

“好想对你说一句话,一直就想对你说,但是害怕你不敢听,不敢相信。”

“我不害怕的,但是你不要说出来,好不好?”

“我……”我伸手捂住了他的嘴。

“我们的爱情不需要这些,你我明白就好。”我轻轻地说。

“这两个月你开心吗?”

“开心,从来没有这么开心过!”

我坐累了,枕着他的腿,看着窗外的人家,一层层、一户户灯都熄了,也有几家昏黄的灯光依旧亮着。我盯着窗外,想看着情侣们是怎样度过深夜的,他们会对彼此说什么?在黑夜里谈怎样的心情,才不会辜负此时美妙的时刻呢?

我们躺进被窝。我睡在了他的身边,第一次。我看了看手机,已经两点了。他沉沉地睡了,睡得很香,而我却没有睡着。

第二天早晨,天还没亮,我就起床了。潜意识中,我害怕看见楚宏的家人,因而便催促着楚宏也跟我一起起来。楚宏在我的包里放了牛奶和面包,开车把我送到了车站。

这里曾是陶玥和陈哲最后一次拥抱的地方,我叹了一口气,想着陶玥最近过得怎么样。

“楚宏,我回去了。”

“嗯嗯,要经常给我打电话,别只知道和你的同学玩,把我忘了。”

我们都对彼此笑了笑。

天色从灰暗到明亮,车子在高速路上行驶,我将手放在脖子上,摸着黑色的围巾。这条围巾是楚宏送的,我上车前,他从自己的脖子上取下来,系到了我的脖子上,说:“这上面有我的味道,寒假里你可以睹物思人了。”

六　何成轩的往事

车子从高速路上下来,很快驶进了车站。父亲打来电话告诉我,他在车站接我。

在车站前面的广场上,一排排黑色的、白色的轿车,整齐地停靠在广场的四周。我老远就看见了父亲。

“嗨!”我朝他挥手。

父亲看见我,把嘴里大半根烟扔出了窗外,我上前用脚把它踩灭。

看见久违的家乡,我的心情非常好。

“爸爸带你去吃饭。”父亲在车里对我说。

“不,带我回家见妈妈,我快三个月没见她了。”

父亲委屈地说:“真是偏心!”

我呵呵地笑,他们越活越幼稚了。在父亲的车子里,我闻见淡淡的香味。我直起身子,抽了一张纸巾,放在鼻子上嗅,心里思量着:“不是这个味道。”我又贴近父亲的衣服,原来是他身上的味道。

“爸爸,你用香水?”

“是啊,前几天刚买的,怎么样?”

"看来你过得很好嘛!"

"你想说什么?"

"没有什么。只要你们过得好,我就会很开心。"

在很久之前,我是多么恨父亲,一大把年纪,还学年轻人离婚。可是,如今我却不恨他了,没有感情的两个人,没必要继续生活在一起。只要他们过得好,何必管它是怎样的生活方式呢!

"可以帮我找个继母。"我漫不经心地说。

他没有回应我。

到家后,父亲帮我拎包。母亲不在家,父亲拿出钥匙开门。

我问:"你怎么会有钥匙?"

"你妈给我的。"

我心里想着:"天哪,谁知道他们心里都在想什么?谁能说清他们现在的关系?离了婚,居然还有前妻的钥匙!"

父亲好像知道我在想什么,补充道:"我们是和平离婚的,不影响我们做朋友,更何况还有你这个纽带。"

"那就可以拿着朋友家的钥匙了吗?"

"小鬼头!"父亲拍了一下我的脑袋。

他把包放下,喝了一杯水就离开了。我给母亲打电话,却发现手机铃声在家中响起,原来母亲忘带手机了。

我拉开窗帘,阳台上一株蜡梅开得正盛,一朵朵黄色的梅花,很香。梅花的枝丫弯弯曲曲,就像一种天然的艺术。母亲本是爱花之人,它被母亲养得很好。这让我想起了崔道融写的《梅花》。

梅花的心声不也是与人相同吗?世事无常,人心难测,但愿有个人儿,可以明白我的哀伤与不易,将我好好珍惜。我正痴痴地想着,手机就响了,一看是楚宏。

他问我有没有到家,我说刚到。接下来便是无休无止的聊天,我们之间有说不完的话,直到母亲回来,我才挂了电话。

我在家中转悠,父亲搬出去后,家里空了许多。家就是这样,单单只是少了一个人,就好像缺了许多。同样,多了一个人,也就像添了不少热闹似的。我感到一阵阵凄凉,不明白母亲是怎样适应这份孤独的。

齐颜曾问我:“你害怕孤独吗?”我回答:“是的。”但转眼又想,热闹与孤独是两种相对的感受,没有热闹过的我,又何尝有过孤独呢?母亲的床头还放着一张全家福,那是我小学二年级时与他们在北亭公园的合影,那个时候我只有八岁,脸上还有婴儿肥。我站在他们中间,左右手分别握着他们的手。母亲是有过热闹的人,父亲在追求她的时候,亲手在家中院子里种了九株玫瑰。那一张玫瑰盛开的照片也告诉了我,艳丽的玫瑰催生了他们的爱情。

开始,曾经看着他们走进婚姻殿堂的人,多半猜不到他们会用离婚来结束他们的爱情。

在时间的考验里,双方都渐渐失去了激情与耐心。

距离杀死了陶玥与陈哲的爱情,时间也可以杀死爱情,超越时间与距离,爱情就可以永垂不朽。只是,没有太多人可以经得起离别与时间的考验。

在阳光极好的午后,我昏昏沉沉地睡着了。一觉醒来,却看见了五个未接电话。

是陶玥打来的,她约我逛街。

我到了她约定的地点,她捧着一杯果汁儿,见到我,朝我挥手。

“你和这个沙发融为一体了。”我对她说。

她看了看自己,才发现自己穿的衣服的颜色与沙发的颜色一模一样,不禁也笑了。

“中午到的吗?”

“没有,九点多。”

她问我喝什么,我随便点了一个。

“等会儿陪我去买衣服。”

我点头答应。

直到太阳落山,我们才结束了这次逛街。她买了一件白色的毛衣、一条围巾、一双细线织的手套,白色的手背上有一朵五瓣花,还有一双棉鞋、一个红色的帽子。

她看着手里的商品袋,满意地说:“太好了,这个冬天不怕冷了。”

原来她是为了御寒。

“你不觉得今年的冬天很冷吗?”

“没有啊,温度还好。”我说。

“冷的不是天气,而是这儿。”她指着心口说。

“你没觉得你有点儿变了吗?”

“爱情会使人成长,成长最好的体现就是变化,不是吗?”她反问我。

到了傍晚,冬日的街上大部分都是年轻人,冬天是情侣拥抱、牵手频率最高的季节。一个人的时候,衣服为我们抵御寒冷,长大了,有了爱情,有了爱人,于是发现我们也可以从爱人的身体上获得温度,而且这个温度是最适宜的,也是取之不尽的。

陶玥把自己裹得严严实实的,然而一路上她还是冻得瑟瑟发抖。

我穿得不多,但并不感到冷,因为我的注意力不在气温上,提心吊胆的感觉让我浑身燥热。我不禁担心,在如此狭小的城市街道上,两个分手的人会不会同时出现在某个地方,来个不期而遇?

我为这个想法而担忧。终于,我们各自回了家。

家里的灯是关着的,漆黑的家说明母亲还没有回来,也说明了没有一个人在等我回家。

"还不进去?"一个人在我背后说话。

是母亲,吓了我一跳,我竟没发现她站在我身后。

"我见天都黑了,你还没回来,就出去等你。"

"哦,我从另外一个门进的小区。"

"想什么呢?"母亲一边开门一边对我说。

"没什么。"

母亲把她的手机给我:"叫你爸爸过来,他说今晚会回来吃饭。"

我倚在厨房门口,吃着果盘里的橙子:"他怎么会过来?"

"陪你吃饭。"

"不陪你吗?你们这婚离得真有意思,闲来无事还可以串个门。"

母亲举起平底锅,做出一个要拍我的姿势:"那么多话,去把桌子擦干净,顺便把你剥的橙子皮扔了。"

父亲来了,陪我坐在沙发上,我看电视,他问我问题,我有一句没一句地回答着。他坐了一会儿,看我不停地换电视频道,大概觉得无趣,就去了厨房。我将耳朵贴在厨房门上,想听他们说些什么，无奈翻炒声太大，什么也没听到。

我吃着他们两人合作的成果，有父亲爱吃的口味——不加一点儿辣，也有我爱吃的清蒸鳜鱼。母亲记得我与父亲所喜欢的每一道菜。我想，在过去的二十多年里，正如他们所说，感情在一天天减少，可是太多的生活习惯，都在这二十多年间产生了。他们见证了彼此的改变、成长，从青年到中年，从小姑娘、小伙子，到如今脸上都有了皱纹，头上也多了几根白发的女人、男人。

他们的确比之前快乐了许多，我有时觉得奇怪，为什么离了婚的他们过得这么融洽，而附加上一层婚姻关系，就每天冷言冷语的呢？

寒假的日子就如同孩子的玩具，没有的时候魂牵梦萦，而一旦拥有，玩玩也就觉得腻了。

我想念楚宏，想他敞开的怀抱，想被他抱在怀里的感觉。由于这样的想念，我的夜晚开始变得漫长，在冰冷的被窝里，我渴望能在他身边，贴在他身上，那样肯定不会冷。

楚宏也会每天给我电话，告诉我他这一天做了什么，他也会问我一天里的行程。我们说着周围发生的有趣、好玩的事情，有时一点儿小事，在我们的谈论间却变得生动极了。

母亲见我假期散漫，就从书店给我买了几本书，唯一的一本小说是奥斯卡·王尔德的《道林·格雷的画像》，其他的还有《干校六记》《宋美龄传》。

我抱怨她怎么就只买了一本小说，她置之不理，织起了毛衣。

“忘了告诉你，你哥哥回来了。”

“真的吗？”我很兴奋。

“刚才回来的时候，碰见了他，他问起了你，让你空闲的时候去找他。”

我望着墙上挂着的背包，那是他送给我的，作为我考上大学的礼物。

他叫何成轩，我喊他哥哥，虽然我们没有半点儿血缘关系，仅仅是因为住在同一个小区。

对他的印象是从小学一年级开始的。十几年前的城市还没有那么多街道，也没有那么多的人。我和何成轩就是在上学的路上认识的。

我们第一次认识对我来说是非常尴尬的。早晨我去学校，出了家门，转个弯，绕过一片竹林，竹林很大，竹子长得也很密。本来我的心情和那日的天气一样好，可是一条狗却紧紧地跟上了我。我假装它不存在，心惊胆战地往学校走去。我想跑，却听别人说过狗是好胜的动物，你若跑，它会和你比赛，也会跑起来。那时我虽然只有一年级，可我还是明白狗跑得比人要快得多。

我时不时地侧过身子，斜着眼偷看它。我一边想着怎么样才可以赶走它，一边保持着原来的走路速度。我拿出矿泉水瓶，远远地向它投去，它吓得尖叫一声，然后跑掉了。可是，当我继续往前走时，它又跟了上来。如此几次，我扔掉了所有能扔的东西，包里只剩下几本书了。

我心里开始害怕，脑海中幻想着种种可怕的事情。我从小就害怕这些小动物，到现在我也害怕。当时我脑海中一片混乱，一不留神摔倒了，我趴在地上大哭起来。

正哭得不知所措时，背后突然有一双手把我抱了起来，轻声地问：“你怎么了？”

我哭喊着指了指身后,哽咽得说不清楚话。

我哭得厉害,脸上的灰尘和泪水混在一起,简直成了一个小乞丐。他随即帮我掸去衣服上的灰尘,又用纸巾给我擦脸,然后折了一根树枝,轻松地将小狗打跑了。

我委屈地低着头。他说:“好了,狗跑了。”我愣在原地,一动不动。他问:“你怎么了?不怕迟到吗?”我这才意识到这个问题,然后他拉着我的手,向学校走去。有个高大的哥哥在身边,我不害怕了,身子也飘了,一路上蹦蹦跳跳的。

那天晚上,我在日记本里记下了这个事情,歪歪扭扭的字迹,却完整地展现出了当时的画面。

第二天早晨,我在小区里碰见了他和他的妈妈,这才知道他是刚刚搬进来的。他上六年级,比我大六岁。随后的每一天早晨,我继续背着与自己身高不符的大书包,跟在他的身后,和他一起去学校。

他是我童年里的英雄,会打架,会学习。在别人眼中,这两者应该是矛盾的,会打架的孩子学习成绩一般都不好,而学习好的孩子,又怎么会与别人打架呢?然而,他是个例外。

只可惜,一年后他上了初中,我还在原来的小学里,默写着一个个生字,背诵着一首首诗歌。之后,他读完了中学,又念了大学,我们再也没有一起上学的机会了。只有寒暑假时,他会辅导我写作业。算算看,现在的他也有二十八岁了。

母亲喊我起床,已经早上八点钟了。我洗漱一番,吃了早饭,九点钟到了何成轩家里。

他的爸爸、妈妈、爷爷、奶奶都在,他们好像在召开家庭会议,我感到来得不是时候。

何成轩看见我,原本毫无表情的脸瞬间灿烂起来,他仿佛看到了救星。

“你的电脑怎么样了?怎么会坏了呢?走,去你家看看。”

我还没有向他家人问好,就被他拽了出去。对于他说的话,我也是丈二和尚摸不着头脑。

他拉着我快速地下楼,在楼下他长舒了一口气,好像笼中的鸟儿飞到了天空。他自言自语道:“终于出来了。”然后又对我说:“幸亏你来了。”

我问他:“发生什么事了?”

“相亲呗。”他无奈地耸了耸肩。

“哦。”我笑着说,“相亲很流行,何哥哥你也不落伍啊!”

“二十八了,再过几天就二十九了。”

“没事,你不用担心没人要。”

“还是你说得对啊。”他冲我笑着说。

我和他坐在小区亭子的石阶上,我开始埋怨道:“我来找你,却被你拽了出来,现在没地方可去了。”

“我带你去溜冰。”

他拉上我,坐上出租车,就像小的时候他拉着我上学一样,我突然被感动了。

溜冰场在一个露天的广场,场地是一个圆形,周围有金属护栏。

“你会吗?”他问我。

“不会。”

“想不想学?”

“不想。”我摇摇头，“我可不愿意摔得鼻青脸肿。”

他坐在护栏旁边的长椅上，拿出手机玩起游戏来。我看他无精打采的样子，便说：“溜冰是不是可以瘦腿啊？”

“没听说过。”

“你看，他们的腿都很细。”我指着那几个溜完冰正在休息的人说。

“你的腿很匀称，也不粗啊。”

“我想溜冰了。”

他不相信地看了我一眼，而我已经进了溜冰店。我对老板说：“租两套溜冰装备。”他抢在我前面付了钱。

他是个溜冰高手，极滑的地面让他整个人飞了起来，身子轻盈得像一只燕子，而我站在一边，如履薄冰，一步也不敢动。

他看我站着不动，就滑到我身边，拉着我的手，我轻轻一晃，整个人就摔倒了，幸好冬天衣服穿得多，没有摔伤。

我在他的指引下，还是摔了两跤。他终于停了下来，站在我身后，缓缓推着我，把我推出了场地。

我们换下鞋子，阳光刚刚照到街上，天色好像亮了许多。街上的每一个商店都贴着迎接新年的条幅。

我们逛了一会儿街，吃了美味的小吃，我看了一下手表：“现在才十点半。”

“唉，时间怎么过得这么慢？”

“你手机响了。”我对他说。

他反应过来，是他妈妈打来的。他接了电话，皱着眉头说：“好的。”

“本来准备带你在饭店吃午饭的，现在不用了，去我家吃吧。”

"好,那先记着,下次请。"我笑着说。

"走吧,再不回去,一家人要气疯了。"

到他家后,我看了一下屋里的人,除了何伯父、何伯母、爷爷、奶奶之外,还有一个年轻的女人,她的身边还坐着一个人,看起来和何伯母的年龄相仿,应该是这个年轻女人的妈妈。我看见茶几上的水杯,里面的花茶只剩下半杯了,应该是来了一会儿了。

我跟在何成轩的后面,他坐下,并安排我坐在他身边。他拍拍我肩膀,每一掌都很用力,仿佛是要把我按在椅子上,不许我挪动一步。我看着何伯母对何成轩挤眉弄眼的,心里暗暗地发笑。

我附在何成轩的耳边说:"这下你成瓮中之鳖了。"

何成轩向自己的房间努了努嘴,又高声道:"怎么说哥呢?跟我到房间去。"

何伯母端着一盘切好的橙子从厨房出来:"坐下,别乱跑,马上就吃饭了。"她的语气很温柔,却有着不可违抗的气势。

"这是你李芳玉姐姐。"何伯母对我说,然后直接坐到我们对面,为了防止何成轩跑掉。

"你好。"我向她问好,她也向我点点头。

我看了看李芳玉,与她母亲长得很像,短头发,虽化了妆,却仍可以看出她稍黑的皮肤,唯有五官略显精致。她与何伯母聊天,说话的时候带着一种骄矜的语气。

何成轩把装着橙子的盘子放在她面前,她抬起手,却在空中停了停,好像在选择,然后在盘子中间拿了一片。

何成轩翘了翘嘴巴,表示不屑,他故意将左手搭在我的肩膀上,和我东拉西扯。

我看着何伯母的脸色,黑得像张飞。

何伯父说了声："吃饭了。"大家按顺序坐好。何成轩仿佛把我当成了盾牌，拉着我，让我在他的左边坐下。

何伯母说："芳玉、林学，别客气！"

何成轩问："家里有酒吗？"

"你不是不喝酒吗？"何伯母说道。

"天气冷，喝点儿酒暖暖身子。"他一边笑着说，一边还搓着手。

"没有，我和你爸都不喝酒，家里从没买过酒。"何伯母对他翻白眼，很有在暗示他准备秋后算账的意思。

李芳玉时不时地抬头看看何成轩，看得既小心又暧昧。

何成轩不停地给我夹菜、倒饮料，他对我照顾得很周到，却冷落了今天本该被盛情款待的"主角"。

等到李芳玉和她的母亲走后，何伯母板着脸问："瞧你今天的德行，你能喝酒吗？怎么，准备丢脸是吧？"

何成轩不说话，男人在面对争吵时，总爱保持沉默，也许是因为理亏，也许是因为成熟。

"说吧，你怎么想的，自己不谈恋爱，给你介绍又不乐意。"

"我的事不用你们操心。"

何爷爷说了句："只要你找个女朋友回来，什么条件都可以答应你。"他八十岁了，说话的声音有气无力，好像是在哀求，很让人心疼。

"爷爷，您别着急好吗？"

"那你立个保证书，保证在什么时间里，带个女朋友回来。"何伯父又发话了。

何成轩成了众矢之的，全家人开始攻击他。

他站起来，走进房间，我也跟了进去。

他对我笑，好像这是一场游戏。

“你到底怎么想的？”

“这种事急不来。”他说着便躺在了床上。

“你不会还忘不了她吧？”我很冒昧地问了一句。

他突然静了下来。

“还有联系吗？”

“没有。”他双手交叉用头枕着，眼睛直直地盯着天花板。

我说的那个她叫苏晨，在我的印象里，她长得很漂亮，很瘦。何成轩比她高一个年级，他们是在一次同学生日聚会中认识的。何成轩告诉过我，他们的恋爱当时震惊了整个校园，一个不谙世事的小女孩，一个血气方刚的小伙子，两人在校园里牵手、接吻，旁若无人。终于，两人都被请回了家，要求进行一个月的反省。后来就在何成轩冲刺高考的过程中，苏晨爱上了别的男孩。他看见他们在校园里散步，怒气冲天，一拳把那个男生打倒在地。男孩的家长找到学校，闹得沸沸扬扬。也因为这件事，即使临近高考，他还是被赶回了家，一个星期后才重返校园。

“是不是很不值得？”他看着我问。

“这个得靠你自己衡量，我没办法回答。”

“我为什么总拿她与别的女孩比较呢？”

“因为别的女孩取代不了她。”

他又一次不再说话，房间里很安静，隐约能听到窗外雨的滴答声。

“我送你回去吧。”他起身去关窗户，“外面下雨了。”

他的家离我家步行只要十五分钟。他打着伞，一句话也没有说。我后悔在他面前提到那个人,让他又想起伤心的往事。

或者,也许那些事、那个人,在他的生命中,从来没有被遗忘,而是一直被很完整地存放在心中。

我曾在一本书里看过,每个人生来心里就有一个空位,人最大的使命就是寻找,寻找一个人,把这个空位填满。

在那个青涩年华里,苏晨出现在了他的面前,占据了他心里的那个空位,随后苏晨又转身离开,他满了又缺的位置再不愿让别人进来。

那晚,我坐在写字台前,写了一首歌:

活在曾经,总是不能忘记。
夜夜孤寂,缓缓地等着天明。
我还是会握紧,一颗固执的心。
结束不了已逝去的一场情。
劝服自己,改变如今。
至少岁月会多点意义。
仍会想起,记忆留住心事。
最痛的事情,也有一点点喜。

可否告诉你,我不愿再想起。
这样的思念,太过压抑。

七　恋你

何成轩在大年初三那天就回到了工作的城市。走的那天,他背着一个印有斑马纹的背包,手中拎着一台笔记本电脑。他需要坐客车到飞机场,然后坐飞机离开。

他没让其他人送,在我家楼下,他对我说:“你也不小了,该谈恋爱了。”

我耸了耸肩膀,好像在说:“你不用为我操心,还是管好自己吧。”

他会心地笑了笑。

春节的假期还有五天,他走得那样急,不是害怕相亲,而是不愿别人打扰他的生活。

然而,他还那么年轻,我相信有一天他会再找到另一段爱情。一生只爱一个人,太辛苦,也太可怜。苏晨就像是一朵白云,停在他心头,然后被风吹走,没有给他留下任何痕迹。她给他一段情,只是如今人和情都走了,该好好对待的应该是自己。

我没有把何成轩归为痴情一类,我认为等一个人是值得的。只是,若用一生来等待一个不爱自己的人,是在浪费自己的青春。

何成轩的青春,来得太快,去得太慢!

在回学校的前一天中午，我和陶玥参加了高中同学的聚会。在去饭馆的路上，我们遇到了陈哲。

陈哲走在街的对面，牵着另一个女孩儿的手。陶玥看了一眼，不说话，一路沉默着来到饭馆。

好久不见，大家聚在一起，每个人都显得很开心。

一个穿着深蓝羽绒服里面衬着红毛衣的男生走到我们面前，对着陶玥说："陈哲呢？你怎么不把他带来？"

陶玥没搭理他。他又接着说："你也太小气了，班长都短信通知了，可以带'家属'的。"

这个男生叫李永进，高中时曾追过陶玥，但被拒绝了。

估计他已经知道他俩分手的事情了，同学的圈子就那么大，尤其是谁与谁恋爱了、谁与谁分手了这种事，流传的速度往往都很快。因而，听他说话的语气，颇有幸灾乐祸的意思。

他站在陶玥身边不走，想和她搭话。我拿了一些吃的给陶玥，两个人装作在聊天。他见没人理他，便了无兴趣地走了。班长走到餐厅中央，举起酒杯，酒杯里透明的液体据说是矿泉水。她为了向班里的男生展示她的豪爽，好和男生打成一片，便于管理大家，所以才那样做。

大家从饭馆里出来，我对陶玥说："车票我买好了，明天早晨九点，我们还可以睡个懒觉。"

"嗯，谢谢你。"

"别那么客气！"

我们并排走着，却发现不知道该说些什么。

"陶玥，你心情是不是很差？"

"你指的是遇到陈哲的事吗？"

“嗯。”

“也不是,只是每次看见他,我就会很激动,想起很多过去的事情。你知道吗,对一段逝去的感情念念不忘,最大的原因是对过去美好的留恋。分手那么痛苦,早就不愿再想起。”

“可是生活在当下,我们拥有的不仅仅只是过去,更多的是未来,你的人生才开始,一定会有更多更好的日子在等着你,别再让陈哲伤你的心了。”

“你说得对,我太软弱了,爱上一个人往往就容易形成依赖,一旦产生了依赖,就不容易离开。这真可怕!”

“彻底放下是很难的,但是我们可以努力。”

“嗯!”

“明天回学校了,也是新的一年,我希望你做新的自己,别再为往事伤心,应当好好地爱自己。”

“好的。”

我们到了一条路的分岔口,她指着一边说:“我走了,再见。”

“再见,明天见。”

晚上,我在房间里整理衣服,母亲在我身边,我将她搂在怀里说:“别想我。”

当我们长大的时候,大人们终于放下他们多年的坚强,与孩子互换了角色。如今,我该安慰母亲了,她却像我小的时候,害怕离别。

今晚的月亮,缺了一半,半圆的月亮不是最美的,对我来说却是最好的。因为缺了一角的月亮给人以遐想,给人以期盼。

月光洒在房间的角落,一盆光秃秃的盆景中冒出了一棵脆嫩的芽儿。

第二天，照样是父亲开车送我，他把我送到了车站。在车站超市旁我看见了陶玥，我们一起过安检、检票、上车，终于颠簸着来到了学校。

沉睡了一个月的宿舍，发出污浊、潮湿的气味。看似洁白的桌子，用手指轻轻一抹，便会发现厚厚的灰尘。我打开窗户，透了一会儿气，宿舍那污浊的气味才渐渐散去。

我很惋惜地看着我种的一盆茉莉和一盆吊兰，它们已褪去了青翠，变成了枯黄，一个月没人照看，它们已缺水而死。

韦鸿光还没有来，上次我和他通电话，他告诉我他已将石膏取下来了。

我没有告诉楚宏我已经到了学校，我想给他一个惊喜。

当他给我打电话时，我说："你只需要二十分钟就可以看见我了。"

他问："你在哪里啊？"

"我已经到学校了。"

"我马上过来。"

世间最甜蜜的想念是，当你想念他的时候，就可以直接告诉他，而且他也迫不及待地想见到你。

回想我一生中的十八个寒假，这是最漫长的假期了，不是因为假期本身漫长，而是从离开楚宏的那一刻，我就知道这一个月将是煎熬的，我们要经历的是思念彼此的三十个日日夜夜。

三十天，我无数次听到家里挂钟的嘀嗒声，每一声都厚重、迟缓，仿佛它在故意拖延着我和楚宏见面的时间。

楚宏要来却被我拒绝了，我很坏，想让他多想我一会儿。

楚宏到了我宿舍，帮着我打扫卫生，将所有的桌子、椅子、床铺都擦了一遍，我吃过他带来的快餐，就已经下午三点了。

楚宏很舒服地躺在我的床上，将头埋进我的被子里，我坐在床边，他伸手把我拉进怀里。

天气依旧很冷，我趴在他的胸口上，睡到了五点才醒来。

“今晚不用去奶茶店了。”

“哦。”

“上次结婚的表姐来我家玩儿，你和我一起回家看看吧。”

“我不要去。”

“怎么啦？”

“我害怕看见陌生人。”

“有我在，你不用怕。”

我还是摇摇头，想到要见到他的家人，我还是感到不安。

楚宏穿好衣服，我把他送到楼下。他往前走了几步，又回头看我。我转身上楼，之后又去食堂吃了饭，就早早地钻进了被窝。被窝还是暖的，还可以闻到楚宏留下的味道。我的心像被重锤敲打了一样，沉重地跳着，呼吸也急促。那是多么强烈的感觉啊！

我发信息告诉他：“我想你了，楚宏。”

他很快回复我：“还有一个小时结束，完了去找你。”

我没想到他会来找我。当他站在我面前时，我第一次主动吻上了他的嘴唇。我似乎看到他从无边的黑夜中奔来的心情，那么着急，迫不及待。

那晚，他没有回去。在宿舍里，那一米多宽的床上，我们盖着同一个被子。他的手臂成了我的枕头，他像一个暖炉，让我贪婪地享有着温暖。我睡得很沉、很香。

小的时候,母亲问我:“你最害怕什么?”

我思考了一下,回答她:“黑夜。”

害怕在黑夜里什么也看不见,害怕那些从外婆嘴里讲出的恐怖故事,害怕黑夜的未知。

直到有一天,我不再害怕黑夜,甚至爱上了它。没有热闹,没有灯光,没有嘈杂声,可以静静地坐着,思考许许多多的事情。

然而,这一夜后,我再一次回到童年,回到了那个害怕黑夜的年纪。

我不愿一个人睡着,不愿意将时光浪费,我要和楚宏在一起,每时每刻。

早晨醒来时,楚宏正看着我。我的脸贴在他的臂弯下。他好像屏住了呼吸,又轻又静,用手拨弄着我的睫毛。他见我睁开了眼,便笑着把我抱紧,好像要急切地把我融进他的身体。

我穿上衬衣下了床,外面冰冷的天气让我忘不了昨夜的暖。

我们起床,在一家名叫“晨夕”的小吃店吃了早饭,然后漫无目的地穿梭在大街小巷。

春节的气息还在,街上挤满了人。在一个广场上,几个人装扮成唐老鸭,与过往的孩子合影。

一家音像店播放着很老的一首歌,歌是一位盲女唱的,声音很颓废,适合在下雨的黄昏听,而与现在这种气氛格格不入。

中午,楚宏带我去了日式料理店,他知道我爱吃鱼,他虽不爱吃,但是和我在一起时,他总是迁就着我。

店里的一个艺伎,脸上化着冷艳的妆,穿着华美的服装,手里拿着一把彩色的折扇。伴着日本艺伎的歌舞,我们吃起了美味的秋刀鱼。

晚上,我们回了奶茶店。夜空璀璨而明亮,是人们在放烟花。

楚宏说:“你喜欢烟花吗?”

“喜欢,短暂又绚烂的东西,总让人喜欢。”

烟花就像爱情,我们唏嘘的是那转瞬即逝的美丽。

我对楚宏说,我想去看看,去看烟花。

“我们一起去。”

“店呢?”

“先关了。”

我们来到放烟花的地方,看似不远,却绕了近半个小时。我们走到那里,没过五分钟,烟花表演就结束了。

我和楚宏无奈地笑了笑。

看着工作人员清扫现场,一些烟花箱狼狈地冒着白烟,我心中依旧闪烁着烟花唯美的身影,它们形态各异,多彩多姿。

也许,在这个世上最值得骄傲的就是烟花。虽然它短暂得让人惋惜,但是它曾努力地飞向自己生命的最高处,在最高处燃烧自己,完美谢幕。

我们返回店里。

“明天是新学期的第一天。”

“新的学期有什么新的愿望吗?”楚宏问。

“我希望有情人终成眷属。”

楚宏哈哈大笑。

“我希望青春不老,爱情永存。”我说。

“我只希望陪在你身边,度过每一天。”楚宏突然认真起来。

“我也是。”

我们面对面坐着,这样的时光短暂又美丽,总让人喜欢。只是,如果可以,我们还是很贪心,有谁不更爱永远？就像那句“我永远爱你”一样,无论听了多少遍,都是听不厌的。

新的学期,我们的文学老师身体不适,接替他的是一个看似不满三十岁的小伙子。班干部进行了调整。学校的草坪上种上了郁金香。

齐颜说:“世界每天都在变化,唯独我们过着单调、无趣的生活。”

我笑着说:“等韦鸿光来了,你的日子就有趣了。”

我问她:“你喜欢变化还是不变?”

“当然是变化,你呢?”

“如果我的生活很好,而且是我想要的,我就不希望它改变,如果过得很坏,那还是变一下比较好。”

“可惜没什么是不变的,好的会变,坏的也会变。你说的太理想了。”

“就算是一个美梦吧,但愿我们都可以拥有不变的美好。”

齐颜点点头,拿起电话看了看,然后对我说:“新闻部有事,我先走了。”

她走后,我一个人去图书馆借了一本杂志,坐在草地上看到太阳落山。

三月底,韦鸿光回来了,他在我面前挥舞起已经痊愈了的胳膊,好像在展示自己依然很灵活,不能拿他像残疾人一样对待。

之前,齐颜一直围在我和陶玥身边,韦鸿光回来后,她也就消失得无影无踪了。

我不禁对陶玥感叹道:“朋友的价值在哪里?”

她说:“或许在爱情空缺的阴暗角落里。”

我觉得她说得很对。

下课后,我接到楚宏的短信:“我在你宿舍楼下等你。”

我匆匆来到宿舍楼前,果真看见了他。他倚在一根石柱上,已是春天,他穿着一件淡灰色的毛衣,下身是一条黑色的裤子。

“怎么啦?”我见他似乎很着急。

“走吧,我带你去吃饭。”

“不去奶茶店吗?”

“不去了。”

我们坐上车。在开车时,我没有和他说话。

车子开到一家酒店前,店名很好听,叫珍馐阁。

楚宏带着我走了进去,他向一位服务员说了几句话,服务员便把我们带到了一个包间。

楚宏坐到椅子上,我依然站着。

“我应该坐哪里?”

“当然坐在我旁边。”

“和什么人一起吃饭?”

“我的朋友。”

“有你家人吗?”

“没有。”

我松了一口气。

楚宏点好菜,不一会儿,来了两个人,一男一女。

楚宏做了一番介绍:男的叫左一文,原来在上海的一家银行工作,今年刚刚调回来;女的叫许琳,是楚宏的高中同学,大学时去了北京,在北京读了本科,后来又读了研究生,现在还差两个月毕业。我看了看她,她穿着一件黑色的薄风衣,显得身材很好,人长得也很漂亮。

我向他们问好,他们也对我笑了笑。

服务员上了第一道菜——糖水南瓜。

左一文笑道:“不愧是老同学,到现在都记得许琳爱吃糖水南瓜。”说完,他朝楚宏眨眨眼睛。

“别胡说!什么时候能改了爱开玩笑的毛病。”许琳责怪道,可是她的脸上泛出了红晕。

菜齐了,楚宏说:“我自己随便点的,大家好久没聚,也不知道你们爱吃什么了。”

许琳看了一眼桌子上的菜,又朝着楚宏说:“看来你的口味也没变,还是很爱吃这家的糖醋里脊。”

他们以前经常来这儿吃饭吗?我在心里想着。

楚宏夹了一条鱼,放在我的盘子里,然而我却没有一点儿胃口了。

那晚,大家吃完饭,一起来到酒店门口。左一文挤到楚宏身边,坏笑着说:“快,送人家许琳回去!”

我本能地抵触与他们待在一起,正好一辆出租车停到了酒店门口。我对他们说:“我回去了,各位再见。”

我不等楚宏说话,就上了出租车。

可是,我又后悔了。这个时候,许琳一定坐在副驾驶的座位上,取代了我的位置。

我刚到宿舍,楚宏就打来了电话。我没有接,他一连打了三个,我都置之不理。这是对他的惩罚,让他知道我在生气。

他又发来信息:“我在你楼下。”

我到了楼下,楚宏在等我。

我开心了,却仍旧装出一副不理不睬的样子。他抓住我的肩膀:“是不是生气了?”

“许琳呢?”

“左一文送她回去的。”

“许琳是不是喜欢你?”

“之前是,现在就不知道了。”

“你会不会爱上她?”

“不会,我只爱你。”

天边响起沉闷的雷声,我对楚宏说:“要下雨了,你回去吧,下雨天车不好开。”

看着他离开,我的心里泛起了淡淡的忧愁,一个女人闯进了我们的生活,我的世界会不会就此改变呢?

我再一次见到许琳是在奶茶店。她的头发垂到了腰间,披着头发的她变得更漂亮了。左一文坐在她对面。

我朝他们打招呼。许琳正在剥巴旦木,左边是壳,右边是果实。她细白的手指,两手一捏,一个巴旦木就被剥出来了,然后她将果实推向楚宏:“这是你爱吃的。”

她似乎很了解楚宏。

楚宏看着我说:“过来。”又指着他与许琳中间的凳子。我没有理他,直接去换衣服,做一个“奶茶店员”应该做的事。

楚宏来到我身边,我回头看了看桌子上的巴旦木,好像一颗也没少。我贴近他的耳朵,故意问:“巴旦木好吃吗?”

“小气!”楚宏从身后的柜子里拿出一袋梅子,“我不吃巴旦木,我吃梅子。”他撕开袋子,拿起一颗往天上抛,又用嘴巴接住,如此几次,屡试不爽。

我回头看了一下许琳与左一文,他们之间似乎没有太多话。左一文一手托着腮帮,一手拨弄着桌子上的一盆用塑料做的紫罗兰。许琳仰着头,盯着墙上的画。她的姿态是高傲的,面容给人以清冷、严肃的感觉。也许,只有在楚宏面前,她才会把自己的姿态放低。

一个洋娃娃一般的女孩,手里拿着十元钱朝奶茶店走来。她没有柜台高,踮着脚,才露出一双大大的眼睛。她伸长手臂:“哥哥,我要一杯热牛奶。”

说完,女孩朝不远处看了看,一个中年妇女朝她微笑。女人裹着头巾,好像少数民族的装扮。

我将两杯热牛奶装进袋子里,对洋娃娃女孩儿说:“哥哥送你一杯,好吗?”

她没有说话,大大的眼睛看着我,又朝远处的中年妇女看了看,然后轻声地说:“谢谢。”

楚宏在一旁看着,一心想逗我开心。

“你知道我最不喜欢吃什么?”他问我。

“不知道。”

“是巴旦木。”

“你不是最爱吃那个吗?”我反问道。

“不不,以前我是很爱吃的,如今不喜欢了。”

“为什么?”

“因为它的味道是酸的,用醋泡过了。”

我明白他在说我,便将手上的奶茶粉往他身上抹,然后离开前台,坐到左一文旁边的椅子上。

左一文问我:“你学的是什么专业?”

“中文师范。”

“做老师吗?”

“目前是这么想的。”

“我最烦孩子了。”然后又意味深长地摇摇头说,“不好,不好!”他似乎对老师这个职业感触颇深。

许琳的眼睛始终没有离开过墙上的画,我突然想到了那幅十字绣,应该就是她送给楚宏的吧。

过了一会儿,太阳落山了,春天的夕阳温暖而美好。城市开始热闹起来,下班的人们急急忙忙地往家里赶去。

城市是炫目的,可是家里却有人在等待,相对于繁华,人们更钟爱那个等待他们的人。

楚宏来到我身边,将一只手搭在我的肩膀上,对着左一文与许琳说:“回去吧,我要关门了。”

“好吧,我回去了。”左一文说。

楚宏说:“送许琳回家,我还有事。”

左一文看着许琳,摆出一副无奈的表情。

他们走后,楚宏把一件外套披到我身上,对我说:“今天是你的生日。”

我一愣:“是吗?”自从读了中学后,我就不过生日了,因而也不会刻意记着生日。

“你怎么知道?”我问楚宏。

“我看过你的身份证啊。”他很得意地笑着,然后看了一下手表说,“我订了蛋糕,应该快送来了。”

我对楚宏说:“谢谢你这么用心。”

“傻瓜。”

“遇到你之后,我开心多了,渐渐地我都忘了原来的我,原来那个自暴自弃的我。”

“有了你,我才明白了自己想要的。我们似乎都使彼此改变了。”

蛋糕送来了,我解开彩色的丝带,轻轻打开包装。蛋糕一共有两层,上面一层涂满了奶油,周围是一圈乳白色的菱形饼干,奶油中间躺着两朵鲜红的玫瑰,玫瑰旁边是用水果摆成的扇子,下面用英文写着:“Happy birthday, my dear.”(生日快乐,我亲爱的人。)

我们插好蜡烛,在吹灭蜡烛之前,我许了愿望。

我对楚宏说:“中古时期的欧洲人相信,生日那天是灵魂最容易被恶魔入侵的日子,所以在生日当天,亲朋好友就会聚集在一起,给予过生日的人祝福,并且送蛋糕以带来好运、驱赶恶魔。”

“可是你的亲朋好友都不在你身边。”

“有你就够了。”

“我可以为你驱逐恶魔,对不对?”

“所以有你在身边,一切都好。”

那晚,我吃了甜甜的蛋糕。时隔九年,我再一次过起了生日,好像我生命到来的喜悦再一次得到了分享。原来,除了亲人,还有一个人会记得我的生日。

八　我的心事

星期六的晚上,学校从外校请来了一位教授,要举办一个女性文学讲座,要求所有中文专业的学生到场。我告诉楚宏,晚上我没有时间去奶茶店了。

我和陶玥坐在一起,韦鸿光和齐颜也来了,我们悄声说着与讲座无关的话题。不过,有一句话我是听到了:女性文学是女性作家的自愈情结。

女作家总会在自己的小说里,呈现出自己被爱的身份。她用这一个身份,来弥补自己在现实世界中没有得到爱的遗憾。女人对爱情的渴望,使得她们的创作大多与爱情有关。

我们渴望被爱,可是如果不会爱,就永远不会被爱。不会爱的被爱,是不会长久的。

讲座结束了,我们四个人从阶梯教室里走出来。韦鸿光说:“我们去吃夜宵吧!”

“好啊!”齐颜应声道。

我和陶玥相视一笑,点头表示同意。

吃夜宵的地点在我们学校的东门,东门附近有一个很繁华的夜市,一到晚上,热闹非凡。当然,来这儿玩的大部分都是学生。

出了东门,穿过马路,再向南走五分钟,就可以看到一排排的小吃店。来自天南地北的人们,用精妙的厨艺为我们提供着人间美味。

一个老人,举着一个用稻草捆成的木棍,上面插了一串一串的冰糖葫芦。他一边走,一边吆喝,可是不知道他来自哪里,吆喝的话语,我们一句也听不懂。

一个中年男人将和好的面粉捏成一个面团,用擀面杖擀几下,然后捏住面团的一侧,按顺时针的方向,在空中飞转起来,速度很快。我总担心那个面团会飞出去,当然我的担心是多余的,只见他手里的面团变成了面饼,并且越转越大,越转越薄,几近透明,然后放入锅中,很快一阵香味便扑鼻而来。

我和陶玥点了两份汤圆。汤圆是黑芝麻馅的,很甜,很符合我的口味。汤里撒了一点儿桂花,随着蒸腾的白气,散发出淡淡的桂花香。

韦鸿光与齐颜两个人点了一大份麻辣烫。两个汤勺一个碗,齐颜吃得很享受。不过,韦鸿光似乎有一点儿不悦。

回到宿舍的时候,我问他:"刚刚看你吃麻辣烫时,好像有那么一点儿不开心,怎么了?"

"你看出来了?"

"陶玥也看出来了,只有你家齐颜不知道。"

韦鸿光坐到我的椅子上,一手支撑着脸问我:"恋爱中的女孩儿是不是都特别任性,觉得男人就应该无条件地宠着她、顺着她?"

"任性,或许是因为信任,信任你很爱她。"

"那样我会很辛苦。今天,我本不想吃麻辣烫的,可是她点了一大份,偏要和我一个碗里吃。”

“别看齐颜平日里风风火火的,在你身边还是挺小女人的。”

他一言不发,左手在桌子上敲打着。

星期天的早晨,我睡了一个懒觉,昏昏沉沉一直睡到下午三点才起床。我一个人去超市买东西,宿舍里的洗发水、沐浴露都没了。在超市的水果摊前,我又看见了那个洋娃娃般的女孩儿,她的母亲在为别人称水果,而她一个人坐在两个纸箱堆成的椅子上。我悄悄走近,看见她正在抄写英文词组。我从她身边绕过去,直奔二楼,在生活用品处买了自己想要的东西。

傍晚,我去了奶茶店。今天,左一文与许琳都没来。

楚宏说:“你买了什么?”他见我手里拎着一个大袋子。

“生活用品。”我把袋子放在桌子上,问,“许琳呢?她和左一文怎么没来?”

“可能他们有事吧。”

我坐在椅子上,低头看见垃圾桶里剥下的巴旦木的壳,我问楚宏:“许琳很了解你?”

“是啊。”

“你们是不是像琼瑶小说里的一样,曾经一起数星星、看月亮,一起谈诗歌?”

他笑得差点儿喷出嘴里的水:“当然不会!”然后他捏着我的脸说,“你整天都在想什么?不过,我就爱你吃醋的样子。”

“她很喜欢你,对你的喜好记得很清楚,你也记得她爱吃糖水蒸南瓜。”我不知不觉翻出了“旧账”。

“我还没跟你仔细说过呢!很小的时候,我和许琳住在一个弄堂里,母亲很忙,没时间照顾我,放学后就把我寄放在许琳家。许琳的母亲经常给我做饭吃。后来,他们家搬到了深圳,因为高考户籍的问题,高中的时候许琳又回来了。因为她离开家乡太久,许多人早已不认识,她的父亲托人把她安插在我们班里。当时,我和她还有左一文,我们三个是最好的朋友。我们一起学习,一起吃饭,因而大家对彼此的喜好都很熟悉。"

我"哦"了声。楚宏问:"你怎么了?眉头一直皱着,不舒服吗?"

"可能是没吃饭的缘故吧,胃里不舒服。"

正说着,许琳来了。今天她换了一身装扮,披着的头发被高高盘起,脖子很显明地露了出来,又白又细,身上穿的是一件宽松的淡黄色毛衣,很知性的打扮。

楚宏问:"你吃饭了吗?"

"吃了。"她挑了一个位置坐下。

楚宏从她身边走过,从厨房的冰箱里拿了一袋水饺,煮好后放在我面前:"吃吧,还有你喜欢吃的醋。"说完,便笑了起来。

客人来买热牛奶,楚宏去柜台前招呼。我吃了水饺,把盘子放进厨房。许琳一直在翻看从包里拿出来的杂志。

到了八点多,店里没什么人,我和楚宏便也坐了下来。

许琳看见我们,便把书合上,笑着问:"你们怎么坐过来了?"

"没什么人,不用时时刻刻站着。"

"终于有时间陪我了?"她对楚宏说,"金融系的高才生不去银行工作,为什么偏要开奶茶店呢?"

"我觉得开店也不错,至少时间是自己的,很自由,这比什么都重要。"

她笑了笑,不再说话,然后把脸转向我。

“林学,你到这里做兼职有多久了?”

“没多久,去年十一月份来的。”

“楚宏对你很好,看来你们是很好的朋友。”

我不知道该怎么接下去,楚宏说:“他很好,聪明、可爱,让人……”

“让人觉得很听话。”我不知道楚宏要说什么,急忙帮他接了一句。

许琳说:“今天听你们说话,总觉得怪怪的。”说完后,她站起来,“好了,我该回去了。”

她回去后,我问楚宏:“我让你怎么样?”

“让我很喜欢,欲罢不能!”他抱住我,用鼻子来蹭我的鼻子。

“幸好你没把这句话说出来。”我往后躲闪。

“怕什么?迟早要说的。”

我很希望他能把这句话告诉许琳,可是我的心里却感到不安。这是一个秘密,它可以轻易公开吗?

我对楚宏说:“在许琳与左一文面前,你不可以说太暧昧的话,好吗?”

“为什么?”

“我害怕。我不了解他们,你了解吗?如果他们知道了你喜欢的是我,会不会不再和你做朋友?”

“我不知道,我相信他们不会的,会祝福我们的。”

我带着一种惶恐,惶恐着我们周围的人——亲人、朋友,惶恐他们没办法接受我们,然而楚宏似乎很不以为然。一天中午,我做了一个梦,在梦里,我的亲人、朋友围在我身边,甜美地笑着,说着许多开心的事情。然而,楚宏出现了,他伸出手,搂起我的腰,我看见他们惊愕的表情,随后便一个个离我而去。我挣脱掉楚宏的手,追在他们身后,可是怎么也追不上,眼睁睁地看着他们消失在一团迷雾里。

我吓得一身冷汗,衣服都湿透了。韦鸿光正在写论文,上个星期老师布置的作业他还没完成。

"你做噩梦了?"他一边挥着笔,一边问我。

"你怎么知道?"

"你一直在说梦话,刚刚还惊恐地叫了一声。"

"你听到我说什么了吗?"

"没有,没听清。"

我坐在床上发呆,梦里的陶玥、齐颜、韦鸿光三个人失望的样子一直在我的脑海中浮现。

韦鸿光说:"我的作业写完了,累死我了。"

他把作业拿起来,对我说:"你觉得这么多有两千字吗?"

"应该有吧。"

他满足地笑了笑,一身轻松地出了门。

下午只有两节课,下课后才三点半。我站在教学楼里,看到袁文深老师正在和一位老师谈话。我突然想到了他的女儿,一个学心理学的人。或许,我可以把心里的烦恼告诉她,她可以告诉我该怎么办。

我拿出手机,翻到她留给我的电话号码。我打电话给她,她说她在一个叫"知心小屋"的心理咨询室里。

地方并不好找,许多出租车司机都不知道。等我到了以后,天边已经出现了晚霞。

我走了进去,室内的光线很柔和,南边的墙紧贴着两张桌子,桌子中间放着一盆吊兰,垂下来的枝叶覆盖了一本书的一角。

“你好。”我笑着对她说,心里却不由紧张起来。

“你好,坐吧!”她指着一张椅子,又给我倒了一杯水,微笑着说,“别紧张。”

不知道她是习惯性的安慰,还是一下就看穿了我的心。

“你觉得我很紧张吗?”我问她。

“是啊,你的手心一直在冒汗,坐在椅子上,人却不自觉地向后靠着,有一种逃避的感觉。”

不愧是心理医生。“我想和你谈谈心。”我说。

“嗯。”她的身子稍微前倾,温暖而又认真的样子。

“我……喜欢……一个人……算了,我写出来吧。”我从她的桌子上拿出一张纸,在纸上写道:“他也很喜欢我。”那个“他”被我描得又粗又黑,我相信她会明白。

“为什么不直接告诉我他是一个男孩?”

我没有说话。

“不用紧张。你就是你,喜欢谁是你的自由。”

她说得很平静,没有一丝的惊讶,好像在她眼中,没什么值得大惊小怪的。

我接着说:“我们正在恋爱。可是,我害怕我们的朋友、家人发现我们的关系,会接受不了。”

“你害怕给你的朋友、家人造成伤害,害怕朋友离开你,害怕家人会给你们的感情设置障碍,对吗?”

“嗯,我不愿意看到这样的局面。”

“有些人是没办法接受的。不过,你可以试探一下他们,在他们面前，聊聊关于这方面的话题，看他们有什么想法。”

“如果他们很反感，如果他们选择离开我呢？”

“生活是自己的，首先过好自己才可以惠及他人。你不幸福，爱你的朋友也会不幸福。如果他们选择离开你，说明你们的友谊注定不会长久。爱一个人，不光有关心，也应该有祝福。”

“最让我担心的是家人。”

“你母亲知道吗？”

“不知道。不过，我不担心她知道，她很爱我。”在说这句话时，我突然想起母亲在她离婚的那天晚上对我说的话：“以后一定要过着有爱情的生活，并努力让彼此相爱一生。”

“那对方的母亲呢，她知道吗？”

“她不知道。”我觉得楚宏应该没有告诉过她。

“你先试着和他母亲相处一段时间，了解他母亲的性格，让他的家人知道你是一个很好的孩子，尽量让他们喜欢你，这是你们在一起的基础。到了需要公开的时候，再向他们说明白。”她说完了，又加了一句，“还有什么烦恼吗？”

我笑着说：“没有了。”

我站起来，走到小屋门口，她说：“不用害怕你会伤害到其他人，其实无论是你的家人还是朋友，他们都比你想象的要坚强。”

“谢谢你。”

我打车回到店里，天已经黑了。楚宏问：“今天怎么来得这么晚？”

“楚宏，你从来没和我说过你的家人。”

“我的家人？怎么突然对这个好奇？”

“问问。”我对他挤出一个微笑。

“我家有三口人:一个是我妈妈,一个是我,还有爸爸,不过我和他没有什么关系。”

“没有关系?”

“他不是我的亲生父亲。”

我没有说话,等着他说下去。

“我的亲生父亲,母亲说他叫楚向南,两个人相识后,母亲很快就怀孕了。然而,他却很害怕,最终离母亲而去,再也没有消息,是母亲把我养大的。在我读大学的时候,母亲认识了现在的父亲,组成了新的家庭。”

“为了更好地养育你,她一个人孤单地生活了二十年。”

“是啊。”

“你答应我,不要轻易把我们的关系告诉你的家人,好吗?”

他惊讶地看着我,我又说:“我不想伤害到任何一个人。”

“嗯,行。”他摸着我的手指,“你看起来心事重重的。”

我叹了一口气。

他将我的手放在唇边:“放心,在告诉他们之前,我一定会和你商量的。”

九　海中的月亮

五月,夏天的炎热已经慢慢入侵了这片大地。我们班组织了一次团日活动,活动的内容是去看画廊展会。

我不懂画,看不出画家精妙的手法,也很难从各种色彩中读出什么深意。

画廊的一角,一幅画靠着墙,它静静地待在角落,灯光有些暗,它似乎是一个被厌弃的失宠儿。

那幅画画的是大海,海的上面是天空,天空中没有星星,只有月亮悬挂在那里,海水荡起波纹,波纹折皱了月光。我被它的名字吸引了,为什么叫"爱情"呢? 我心里想着。

从色彩看,海面是浓浓的蓝色,不是玫瑰的红色,也不是百合的白色,那与爱情有什么关系呢?

我想不出答案,我问陶玥,陶玥说:"也许世间的许多爱情都是在大海中诞生的。"

"比如说《海的女儿》,是吗?"这是我接触到的最早的爱情故事。一个美丽的美人鱼为了和心爱的王子在一起,最后化成了海上的泡沫,让爱情在它化成的泡沫里,成为永恒。初读这个故事的悲伤情绪,至今让人难忘。

“还有经典电影《泰坦尼克号》。”陶玥补充道。

“可是，与大海有关的爱情往往都是悲剧。”

“所以，这位画家又在海的上空画了月亮，真是别具匠心。”一个陌生的声音从我们背后传来。

我和陶玥回头，一位看起来有四十岁的女人站在我们身后。

“你也是来看画展的？”

“是啊。”她微笑着说道，“我无意中听到你们的谈话，真是了不起。你们是学美术的吗？”

“不是，我们是学中文的。”

“难怪有这样感性的解读。”

我们被她夸奖，像小学时被老师表扬了一样，既紧张又欢喜。

“这幅画怎么会被放在角落？真是可惜了。我一路看过来，没有比这幅画更好的了。”她遗憾地说。随后我又问道：“这幅画中的月亮，是不是给人们带来的一份希望？”

“真聪明，你说得很对！”她指着海水里的月光说，“大海诞生了爱情，可是往往太过短暂，在我们的文化里，月亮也可以代表爱情，它象征的是爱情的圆满。”

“作者以大海呈现出爱情的悲剧，又用月亮暗示着爱情的希望，让人们坚守对美好爱情的向往。”

“你和我想的一样，只可惜主办会展的人不懂。”

在离开这幅画之前，我俯下身去，想知道这幅画的作者，画的右下角用淡蓝色的笔写着“崔永夜”三个字。我没有听过这个人，这个名字有一点儿绝望，永远在黑夜，好像看不到阳光，他的名字与他的画形成了矛盾。

他到底是一个怎样的人呢？

我用手机拍下了这幅画。晚上,在奶茶店我告诉了楚宏我们的想法。楚宏说:“也许是你们把这幅画的顺序解读错了。”

我好奇地看着他,他清了清嗓子问道:“你是不是很想知道?”

“对啊,快说!”

“你们说得没错,月亮象征着爱情,大海也是许多爱情的诞生地,所以这幅画的名字叫爱情。可是,若是将这幅画与作者的名字联系起来,你们就颠倒了先后顺序。我们应该首先看到月亮,月亮象征着爱情的圆满,可是它很渺小,被淹没在大海的中心。所以这幅画应该是悲情的。”

“真是这样吗?”

“我只是随便说说,好的画就应该是一百个观赏者有一百种理解嘛。”

“连唯一的希望都没了,那岂不是很可悲?”我问楚宏。

“当然不是,希望一直都在,大海只是将它包围,却不能将它毁灭,它不一直发着光吗?”

我想了一会儿,觉得楚宏说得更有道理,心里便认同了他的看法。

我看了一下时间,已经很晚了,便说:“我该回去了。”

“走吧。”

到了学校之后,楚宏照样把我送到宿舍楼下。在广告牌的后面,我好像听到一阵争吵声,是齐颜与韦鸿光。两个人都抢着把自己心中的话说出来,弄得我也没听清楚他们说了什么。

到了宿舍以后,韦鸿光发出“咚”的一声,是他用脚踢了一下凳子。

“是不是和齐颜吵架了?”

“是啊。”

“因为什么呢?”

“不就是因为我身上的这件衣服。”

我看了一下他的衣服,一件卡其色的卫衣,短款的,胸前整齐地排着五个纽扣,看起来很不错。

我说:“挺好看的啊!”

“我也觉得很好看。”

“那为什么吵架?”

“今天上午,我参加完团日活动,就和她出去买衣服,让她帮我挑。谁知她相中了一款黑色的短款风衣,我觉得黑色不好看,而且我有许多黑色的衣服,就不愿意买。可是她的脾气很倔,我拗不过她,当时就买了下来。”

“下午,你趁没课的时候,又去服装店,把衣服换了,是吗?”我看着他的衣服说道。

“嗯,到了晚上,她看见后,就开始对我发火。”

韦鸿光朝我摆摆手说:“我越来越受不了她了。”

他洗完澡,然后爬上床,很快就睡着了。我记得他曾经说过:“越是烦恼越是累,也就越容易睡着。”

齐颜呢,她是爱韦鸿光的,可是她的脾气却难以被他接受。现在齐颜也应该睡着了,但愿在梦中,他们可以回忆起初次见到对方时的心动与快乐。

在烟气缭绕的世界里,他透过迷雾唯独看见了一张脸,从而改变了自己,拥有了爱情。在一起时,定然说了太多的情话,做了无数的承诺。有一天累了,就想想过去,让那些美好的回忆支撑着你们向前走,试着接受,试着坚持。

一日上午,我在图书馆里,穿过一排排书架,在摆满张爱玲的书的书架上,从中拿出一本,封面上是一张张爱玲流传最广的照片,她穿着旗袍,微微仰着头,睥睨着红尘。有多少人爱看她的书,把她的只言片语作为金玉良言,然而读者的热闹却改变不了她孤独一生的命运。

张爱玲的旁边是三毛,一个用一世的流浪完成了别人十世心愿的女人。她用她的勇敢,踏上沙漠,在异国他乡,追随自己的挚爱,实践心里最纯真的理想。

三毛是我最崇拜的女作家,因为她浪迹天涯的身影,在中学时就刻在了我的心头。或许,我一生也无法过上她那样的生活,只是某一天我想要摆脱自我、放荡不羁时,便会想起她,便可以在心里鼓励自己。

曾有一位好友问我:"你认为三毛自杀的原因是什么,因病而逝,还是过度思念丈夫?"

我没有回答她。后世的人们猜测她去世的原因,我却始终相信一种:她是那么想念荷西,因而感到痛苦,最后用了极端的方式与他团聚。

一本小说里说:"人最大的遗憾,是不能因爱而死。"

我最爱的女作家,她的一生都是那么精彩,不留遗憾,为爱来,为爱去。

她的书已被人们放乱了顺序,我一本一本地将它们摆放整齐。在《撒哈拉的故事》这本书的封面上,她身处沙漠,长发飞舞,穿着那一袭白袍,裹紧了身体,就在那一瞬间,我有了一种难以言说的孤独。

一个人的时候,总是不安,我们来到这个世界,都有一颗不安的心,盼望着某个人能来到自己身边。

六月到了,从开学到现在已经三个月了,许琳很多次独自来到奶茶店,她偶尔也会带着左一文。她总是穿得很得体,打扮得很好看,身上散发着女人味十足的香水味。她站在楚宏的身边,狭小的柜台让我感到拥挤。第一次,我不爱香水的味道,这样的味道让我有一种厌恶的感觉。

对于许琳和左一文的到来,楚宏总是热烈欢迎。他是一个爱结交朋友的人,从一开始我就知道。每次,他都会拿出各种零食招待他们,也会拿着新调制出的奶茶让他们品尝。

只是,无论许琳怎么靠近,楚宏几乎从不和她单独待在一起。

虽然我去过楚宏的家,却没有见过他的家人,我也多次在脑海里想象着他父母亲的模样。直到一天傍晚,我终于停止了自己的想象,第一次见到了楚宏的母亲。他的母亲叫姜茹,可以看出,她年轻的时候,一定是一个极美的女子,纵然将现在的她和许琳相比,也丝毫不逊色。她五十岁的年纪,却有着三十岁的容颜,一身白色的连衣裙,头发被高高盘起,耳朵上的两颗耳坠闪闪发亮,整个人都光彩照人。

她走进店里,没有看见我,也没有和楚宏说话,而是和许琳进行了快一分钟的拥抱。

她拉着许琳坐下,摸着她的手,上下打量,满脸笑意,说不出的欢喜。而许琳在她的注视下,不好意思地低下了头。

"楚宏。"

"我以为你没看见我呢?"

“别胡说！许琳回来这么久了，你怎么都不告诉我？”

“您也是每天太闲了。”楚宏说道。

姜茹从她黑得发亮的包里拿出两张门票：“看看，这是顾名殊的演唱会门票。”

“啊？”许琳吃了一惊。

“我知道，你和楚宏都爱这个明星，高中的时候你们还在学校的元旦晚会上合唱了他的歌呢！”

“他已经很少开演唱会了。”

“是啊，一票难求！阿姨可是费了好大劲儿才买到的。”

许琳拿着票，嘴里说着上面的地点和时间：“上海，2003 年 6 月 6 号。”

“到时候，让楚宏开车带你去，两个人在上海好好玩几天。”

我拿着一双筷子，仔细又有规律地搅拌着锅里煮沸了的黑珍珠。

楚宏看了我一眼，正好我也在看他，两个人对视了一下。

“我去不了，店里没人照看。”

“你不是招的有服务员吗？”

“他是学生，白天还要上课。”

“那你就把店关了呗。”

“妈，我早就不喜欢顾名殊了，都多少年了，他早就过气了。”

“胡说，前几天我还听见你哼他的歌呢！”说着，姜茹还用如蔡琴一样的声音唱了几句。

楚宏一语不发地站着，我看那边的气氛很紧张，想起袁孝怡对我说的话，要给他的家人一个良好的印象，让他们喜欢你，这是他们接受你的基础。于是就走过来对楚宏说：“没关系的，我帮你照看，这两天我没什么课。”

姜茹看了我一下，眼睛在对我笑：“你就是楚宏招来的服务员吗？真懂事！”然后又一脸严肃地对楚宏说，“就这样了。”说完她从椅子上站起来，整理一下自己的衣服，然后说，“许琳，陪我走走吧？”

许琳答应了，两个人离开了奶茶店。

“你为什么要帮着她们？”

“干吗让你母亲不开心呢？只是去看个演唱会而已。”

“你不会觉得委屈？”

“不会，许琳是你的朋友，不要因为我而让你失去了她。”

“你真的不会难过？”楚宏用手指捏着我的下巴，盯着我的眼睛，好像非要看出我在说谎。

“你放心。”他说。

我的鼻子突然发酸，眼泪在眼眶里打转。那一晚，我躺在床上，反复咀嚼着“你放心”。《红楼梦》里，宝玉也曾对黛玉这么说过。楚宏是在告诉我“你放心，我爱你”“你放心，真的只是一个演唱会”。

这里离上海不远，楚宏他们是上午出发的，演唱会的时间是在晚上。

白天，我拉着陶玥与齐颜去了大学生活动中心，这是学校举办文娱活动的地方。这栋楼共有五层，第一层的空间最大，各种比赛几乎都在这儿举办，三楼是琴房。

小时候我曾学了三年的钢琴，后来学习紧了，只在放假或者闲暇时才偶尔弹弹，所幸也没有忘记那些技巧和指法。

我对她们两个说：“来，今天让你们见识一下我的另一项技能。”

我掀开琴盖，齐颜轻声问：“你会弹钢琴？”

“对啊。”

“深藏不露啊！”她竖起大拇指。

我直起腰来，手指在黑白键上来回移动，琴声缓缓地流出。一曲弹完，齐颜直呼：“真好听！”

“是谁作的曲？”陶玥问。

“一位外国作曲家。”

“这么好听的曲子，我今天才听到，真是遗憾。”

“可是作曲家却一生寂寞，死后也无人问津。”我说。

“为什么啊？”

“因为他爱上了同性，一个男人，当时无法被人接受，他的朋友离开了他，他的家人与他断绝了关系。”

齐颜愤愤不平地说：“他的家人和朋友真狠心，他爱上男人，爱就爱呗，这是他的自由嘛。”

“你这么想？”我笑着问。

“自古才子如美人，薄命相同无白头。”齐颜诗兴大发。

陶玥倚着墙，我想听听她怎么说，她却一直低着头，很久之后看了我一眼。这一眼看得我心虚，她好像明白我今天的用意，无缘无故跑来弹琴，作曲者又喜欢男人。

我突然想起，在奶茶店的厨房里，她曾问过我：“为什么楚宏对你这么好？”

难道，她已经明白了？

我们三个走出琴房，阳光照着我们，我问陶玥：“怎么样，我弹得好听吗？”

“好听。”

我想听她说说其他方面，可是她却一直没再说话。

楚宏发来信息告诉我，他们已经到上海了。

下午，我一个人逛街，嘈杂的街道会打乱我的思绪，可以让我暂时不想起楚宏。

路过人民医院，袁孝怡正从里面出来。她看见我，朝我打招呼。

“你怎么在这儿？”

“医院让我来做一次会诊。”

“你去哪里？”她问道。

“我随便逛逛。”

“到我那儿坐坐吧。”

我原本也无处可去，便答应了。

她开车把我带到了知心小屋，那一盆吊兰长大了许多，原本覆盖在书本一角的枝条，如今已经垂到桌子下面了。

一个陌生的男人坐在里面，正在看书。

“立诚。”

“你回来啦？”他笑着对袁孝怡说。

我偷偷看了一眼，他不是我们新来的文学老师卫立诚吗？

他不认识我，估计只是眼熟，皱着眉头看着我：“这位是……？”

“我爸爸的学生。”袁孝怡回答道。

“好眼熟。”

“我也是您的学生，中文班的学生。”

“不好意思，人太多，我还记不得每一个人。”

袁孝怡问我:“你吃饭了吗?”

“吃过了。”

卫立诚打开桌子上的饭盒:“忙到现在还不吃饭,肚子一定饿了吧。”袁孝怡幸福地笑了笑,这一刻她不再是一位心理医生,而是一个女人,一个正在恋爱的女人。

“我还有事,先走了。”卫立诚说。

他向我说了“再见”,袁孝怡说:“桌子上的雨伞是你的,昨天你落在这里了。”

他拿了雨伞,放进包里,走了出去。

袁孝怡盯着盒子里的饭,抬起头来对我说:“我也有我的问题。”

“是什么呢?”

“我父亲不同意我和卫立诚在一起。”

“为什么呢?”

“很现实的问题,他觉得卫立诚还无法给我很好的生活。”

“袁老师应该不会这么世故。”

“他总希望我可以过得好一些。”

“也对,人之常情。”

也许,校园里关于袁文深老师的故事是真的。曾经,他为了爱情而奋斗,可是他的妻子没有等到他成功的那一刻,他不愿意女儿有同样的命运。等待是可怕的,因为等到的结果可能只是一场空。

晚上,新闻里报道沉寂多年的歌手顾名殊再次回归乐坛,引发众多歌迷支持,他在上海举办了复出后的第一场演唱会,现场人声鼎沸,演唱会门票一票难求。

十　愿你是我的影子

我通过电视看到了顾名殊,他留着长发,挎着吉他,一副不羁的样子。

一张图片的中间写着一个标语:摇滚乐王子。

第二天早晨,我早早来到奶茶店,天刚刚亮,店门已经开了,楚宏系着围裙,背对着一个沸腾的锅,锅里飘来阵阵香气。从香气可闻出,是红豆。

红豆,一个情意绵绵的名字。

我最爱的歌曲是《红豆》。世间何物最相思,又是红豆。而我,愿意用一生换取一颗红豆。

有关红豆的东西,我都爱。红豆奶茶、红豆酸奶、红豆米粥……这些都是我吃不厌的食物。

我一屁股坐在沙发上,昨晚没有睡好,脑袋晕晕的。楚宏见我一副懒洋洋的样子,便将一碗红豆蜂蜜端到我面前,在我的鼻子边晃来晃去。

这是楚宏常做给我吃的,将煮好的红豆盛出一碗,加上蜂蜜搅拌,对于这种美食,我是没有抵抗力的。

它唤醒了我的大脑,也刺激了我的味觉。我一边吃一边问楚宏:“你怎么这么早就回来了?”

“昨天的演唱会开到十二点,结束后就开车回来了。”

“玩得开心吗?”

“我没什么心情,只想问你开心吗?”

他看着我吃,又问:“好吃吗?”

“好吃。”

“只要你想吃了,就告诉我,我做给你。”

“好的。”

美味的东西,永远也不会吃腻,就像爱一个人一样,永远不会感到厌倦。

一天中午,我和韦鸿光、齐颜、陶玥,还有三个我不认识的人,一起在食堂吃饭。

韦鸿光说:“今天我请客,你们随便点。”

食堂有那种小包间,专门给聚会的学生准备的。我和陶玥点了三个菜。韦鸿光笑着说:“这家的凉拌海带丝很好吃。”

“是吗?”我喝着茶应道。

“不好吃,有香菜。”齐颜说。

“我喜欢。”韦鸿光看着菜谱说。

“你不觉得香菜的味道很像臭虫身上的气味吗?”齐颜说得很大声,“不许点!”

韦鸿光瞪了她一眼,依旧在纸上写着凉拌海带丝,齐颜被这一眼神瞪红了脸,觉得自己下不来台,便伸手去夺那支铅笔。由于她的动作太大,打翻了身边的水壶。开水冒着热气,流到了韦鸿光的大腿上。韦鸿光将笔扔到桌子上,啪的一声,人愤愤地从椅子上站起来离开了。我和陶玥瞬间愣在了那里,齐颜在一旁掉眼泪,韦鸿光请来的另外三个人也相继离开了。

那天晚上我从奶茶店回来,韦鸿光坐在电脑前,满脸油腻地打着游戏,屏幕上的小人儿又鲜活了起来。他的情绪很亢奋,顾不得和我说话,鼠标又发出了有节奏的响声。

熄了灯,他才开了口问道:“你知道为什么女朋友特别不爱男朋友玩游戏吗?”

“因为玩游戏的时候,男人们盯着的是屏幕,而不是女人的脸,女人就会感到被男人忽视了,没了存在感。”我说。

“你说得对。”窗外隐约透过来的灯光里,我看见他对我竖起了大拇指。

“曾经为了齐颜,我决心戒除掉游戏。”

“你很棒!”

“因为她也讨厌我玩游戏,可是到最后才发现,我根本满足不了她。”

我躺下身子,听着顾名殊的歌,虽然我与楚宏只差了五岁,但是对于他少时喜爱的歌星,我却一无所知。那曾是楚宏的最爱,是许琳与他共有的一段崇拜偶像的日子,我也贪婪地想挤进去。

从前我不爱摇滚乐,不爱它快速的节奏,撕心裂肺的呐喊,以及癫狂的姿态,然而在听完顾名殊的第一首歌后,我发现我也喜欢上了摇滚。若不是因为楚宏,我这一生都不会主动去接触摇滚。

我拿下耳机,准备睡觉,韦鸿光问:“你觉得我和齐颜合适吗?”

作为他们两个人的朋友,我只能说:“嗯,合适。”

"我觉得我们并不合适。"

我等他继续说。

"她太任性,我不爱这样的女孩儿,任何事,无论大小,都要顺着她,否则就立刻翻脸。"他说话的语气就像一个孩子吃了大亏似的。

"你想怎么样?"

"天知道,走一步说一步吧。"

世上本没有两个完全默契的人,只是我们都不愿为了对方改变自己。齐颜说世间的一切都在改变,那为什么变不了自己呢?

韦鸿光在宿舍的时间越来越多,齐颜对他的抱怨也越来越多。终于,两人在一次争吵中,结束了他们近九个月的爱情。

很多人因为一次争吵结束了爱情,但是有爱的争吵是不会让情人分离的,分离的原因是耐心的不足与彼此的乏味。

从此,韦鸿光再次与电脑做伴,他的生活方式有两种:一是谈恋爱,一是玩游戏。

大三的第二学期结束了,暑假又要开始了。

我告诉楚宏:"我要回家了,离开你两个月。"

"能不能不回去?"

"没借口啊,也没地方住。"

"借口可以找,地方,去我家吧。"

"不行。"我似乎是本能地否定,我还没有做好和他母亲相处的准备。

"那我去找房子。"

星期三下午,距离放假还有一天,楚宏对我说:"走吧,我带你去看房子。"

出了奶茶店，车子一直向北，路边的商店越来越少，换来的是棵棵青翠的大树。车子左边是许许多多的水田，空气很清新，我深吸了一口，觉得很舒服。他把车停在路边，我们下了车。

“这是什么地方？”

“去看看我找的房子，你肯定会喜欢的。”

我们沿着一条水泥路往里走，这条路弯弯曲曲的。走了一会儿，回头已看不到入口。路的两边是矮矮的坡，坡上种满了树，隔着树，可以看到一个篮球场，十多个人在打球。

走过一段下坡路，再上坡时，路两旁不再是各种大树，而是夹竹桃、美人蕉、木槿、芍药花，还有好多我连名字都叫不出来的植物。

我时不时地停下脚步，俯身去闻它们的香味，像一只蝴蝶般留恋着它们。

“真好看。”我对楚宏说。

慢慢地，错落有致的房子出现在我的眼前。这一带很漂亮，每家都是独立的，家家门前都种着各自喜爱的花草。楚宏说：“我没有开车，就是想让你看看这沿路的风光。”

“你找的房子在这儿？”

“对啊。”

楚宏带着我走进了其中一栋房子。房子一共三层，屋身是淡淡的黄色，院子的地面是用大理石铺成的，院子里有两个花坛，一侧花坛里种了一棵很大的栀子花树，现在正是花开的时节，朵朵雪白的花朵香气扑鼻。在栀子花的旁边有一棵广玉兰，个头不大，只有栀子花一半高。另一个花坛里种满了月季，很可惜它们都没有开花，只有一片浓浓的绿。

院子很干净,应该有人打扫过。里面走出一位老人和一个小女孩。老人穿着灰色的长褂,头发几近雪白,从面容看,大概有七十岁了。小女孩很漂亮,扎着两个马尾辫,身着一件淡绿色的连衣裙,一双水灵灵的眼睛盯着我们看。

老人说:“进来坐吧。”

我们走进屋子,屋子中间放着一张长方形玻璃桌,玻璃桌的右边是一套沙发,左边是一台电视机,电视机的上面放着小女孩的照片。老人说:“我们这个暑假要去美国,和孩子的爸妈团聚一下。我们走后,房子空闲着,我担心今年刚种的月季没人浇水。”

“你爱月季吗?”老人问我们。

“爱。”我回答。

“月季是不久前种的,你们一定要细心帮我照看。”老人说。

“放心吧。”我对他说。

我们从屋子里出来,原路返回。这一带离市区很远,空气清新,每个房子看起来都像别墅,应该是高档住宅区。

我问楚宏:“你怎么找到这个地方的?”

“刚刚那个老爷爷是左一文的外公。”

“是他介绍的这个地方?”

“对啊,你喜欢吗?”

“这个地方很漂亮。”我喜爱那一路的花香,忘不了雪白的栀子花,忘不了那一片月季。

第二天,我拎来一包衣服,左一文正在房子里面。

“欢迎光临。”他笑着说,两只手上下叠放,倒真像一个服务生在迎接客人。

我把衣服放在沙发上,左一文说:“楼下的一层是我外公的卧室,他腿脚不好,不方便爬楼。”他带着我们到楼上,“这是我舅舅、舅妈的房间,旁边是客房。”我走进客房,客房很久没人住了,可是却没有一点儿闷湿的味道。

我对楚宏说:“我们就住在客房吧。”

“好的。”

左一文走后,我打开客房的窗户,窗户外面是另一户人家,一个年轻的母亲晃着摇篮车,里面一个宝宝正在睡觉。到了晚上,我和楚宏坐在院子里,享受着大自然的馈赠——凉风。栀子花的香气沁人心脾。

“你知道栀子花的花语是什么吗?”我问楚宏。

“不知道。”

“我跟你说一个故事。”

“好的。”

“在很久以前,一个年轻人被村民推荐,去山中捕杀一只怪兽。此怪兽不知道来自何处,不吃家禽,却专门破坏花草树木,村民种植的庄稼都被它践踏了。年轻人在临行的那天晚上,妻子为他擦拭着宝剑,整理衣襟,还特地为他缝制了一件战袍。年轻人带着村民们的期盼与妻子的叮嘱,威风凛凛地走进山中。太阳从山腰到山顶,又从山顶落入山下,天已经黑了,却未见他出来。数日过去,仍不见他出来。妻子万分焦急,终日以泪洗面,郁郁寡欢。也许是因为思夫心切,有一天夜里,妻子梦见丈夫身披一件白袍从山中飞了出来,最后落入自家院中的一棵绿树上。次日清晨,妻子从梦中醒来,开了门,惊讶地发现从未开花的绿树上却开满了白花。因为丈夫的名字叫木子危,所以取“木”与“危”两字,合成的字像“栀”字,便将此花命名为栀子花。那时正值盛夏,整个村子都散发出栀子花的花香。花期过后,花瓣由白变黄,零落成泥,妻子再次陷入悲伤,直到第二年夏天,花儿再次盛开。因为那个白袍落木之梦,妻子相信栀子花是丈夫灵魂所化,是对她一生的守候,所以栀子花的花语便是:永恒的爱,一生的守候。”

楚宏听了之后,突然侧过身子,很认真地说:“是你杜撰的吧?”

我哈哈大笑:“你怎么知道?”

“感觉。”他答道,平躺下来望着满天的星星。

晚上,我们疲惫地躺在竹席上,楚宏睡在靠窗户那边,风儿吹出他身上的气息。那气息是安稳的,是可以保护人的,使我能感受到他的存在,并且唤醒我对明天的渴望,使我相信我的未来如今天一样完整与真实。

我给母亲打了电话,告诉她,我在这里找了一份兼职,当作暑假实践,因而不能回去了。就这样,我自私地丢下了母亲,让她独守着一个大房子。

城市的温度不断上升,天气很干燥,也越来越热。街道间涌动着的风如蒸笼里冒出来的热气。

喝奶茶的人越来越多,他们爱加冰块,喜欢将冰块含在嘴里,然后滑进身体,这样才算过瘾。

我和楚宏都很忙,每天从早晨九点一直忙到晚上九点。前台虽然有空调,身上的汗还是源源不断地滚落下来。

许琳在六月底回了北京,进行论文答辩,拿到毕业证后,七月份就回来了。她来到奶茶店,我们都没有时间搭理她,或许她见我们太忙,来的次数便少了许多。

一日,楚宏六点就把店门关了,我问他为什么。

他说:“你太辛苦了,也没必要营业那么长时间。”他为我擦去脖子上的汗珠,抖了抖我贴在后背的短袖,又说,“太累了,你可以陪在我身边,让我们好好放肆两个月,好好过我们自己的生活。”

我们买了菜,然后开车回去,车子的后座上放着厚厚的文件。

“后座上放的是什么?”

“账本。”

“怎么会有这么多的账本?”

“我不是学金融的吗,也考过会计师,昨天去朋友的公司拿了一些账本回来做做,顺便赚一点儿外快。”

晚上,楚宏在灯下计算着那些数据。大学毕业三年了,许多知识丢了太久,他做得很费劲。我迷迷糊糊睡着了,早晨醒来时,见他趴在桌上,身上披着一件外套。

或许是听见了我的起床声,他说:“你醒了?”

我走过去,蹲在他的身边,看着他一脸的疲惫,两只眼睛下有浓浓的黑眼圈:“昨晚熬到什么时候?”

“不知道,实在困了,就趴着睡着了。”

“你到床上躺一会儿,我去做早饭,好吗?”

他点头答应。

吃了早饭,我们去散步,从屋子旁边的路往后走,走大概十分钟,是一片操场。操场很大,周围是跑道,中间是足球场。跑道上,只有几个女孩儿在跑步。操场边是体育馆,有几个人在打羽毛球。

我对楚宏说:“我最喜欢的运动就是打羽毛球了,虽然只是三流的技术。”

“我在读高中的时候爱打篮球。”

“现在呢？”他现在似乎已经不爱打篮球了。

“有一次，因为打篮球和别人发生了冲突，被母亲骂了一顿，以后我就很少打了。”

我们逛了一圈，温度越来越高，便准备回去。到了家门口，我们看见一辆白色的车子停在那里。

姜茹从车子里面出来，楚宏比我走快了几步，上前说：“您怎么来了？”

“你告诉了我地址，我就来看看。”

“阿姨您好！”我笑着对姜茹说。

“你好。”

她转向楚宏，指着房子说：“带我进去看看。”

我们走进去，楚宏说：“妈，我还没有向你介绍，他就是林学，我招的服务生，暑假奶茶店很忙，我没让他回去。”

“我知道，上次在店里见过。”

“哦，我不记得了……”

“你干吗要租房子，家里不是有很多空房间吗？”

“我怕他不习惯。”

说完，楚宏对我挤眉弄眼，而我却面无表情，我不想被他母亲察觉到我们之间的暧昧，也不愿意让他母亲觉得我是一个不稳重的孩子。

“我刚刚去了奶茶店，门是关着的。”

楚宏捂着肚子说：“我今天不舒服。”

姜茹说：“我听许琳说，她的父母从国外回来了，想约我们吃个饭，时间定在今天晚上，到时候别迟到啊。”

楚宏对我说:“你也去吧。”他伸手拉我的手,我将手臂往后缩。

姜茹说完就走了。

“你觉得我应该去吗?”

“应该啊。”

“我不太愿意。你母亲说得没错,你和许琳认识多年,他家人回来要见你,你是不能拒绝的,而且在你小的时候,许琳的母亲给了你许多照顾。”

“可是……你知道的,他们会把我和许琳撮合成一对。”

“那有什么关系?”

“不怕我移情别恋,换换口味?”

“不怕。”

“为什么这么相信我?”

“因为信任会使人幸福,我们也那么爱着彼此。”

楚宏朝我笑,见我难为情的样子,便用手把我揽在怀里。

我提醒他,吃饭的时间快到了,他嘟着嘴,做出责怪我的表情。他走后,我一个人坐在厨房里,不知道该吃什么。很快周身的空气都安静下来了,它们好像不再流动。我开始幻想,许琳和楚宏坐在一起,别人都以为他是许琳的男朋友,我心里有一丝的喜悦,楚宏爱的是我,他们都错了。可是我又有一点儿悲伤,他们每个人肯定都在心里祝福着许琳与楚宏,然而谁又会认为我和楚宏也是值得祝福的呢?

我上了楼,快十点了,楚宏还没有回来。墙上的一只飞蛾在灯光的映衬下,被放大了身躯。飞蛾是勇敢的,纵然是火,但扑上去的一瞬间是心甘情愿的,也就不悔与满足了。

楼下响起了敲门声，我料想是楚宏回来了。我下楼开门，楚宏被许琳和姜茹架着身体走了进来，一阵浓浓的酒味扑鼻而来。

她们两个人将他放在一楼的沙发上，姜茹去厨房端来温水，许琳则在一旁给他擦脸、擦脖子。姜茹站在旁边，看着许琳的一举一动，我想她的心里应该是欢喜的，这个女孩是如此爱她的儿子。

瞬间，我觉得自己是个多余的角色。

许琳嘴里骂道："都怪哥哥，非要给他灌酒，等我回去，一定骂他。"

姜茹扬着嘴笑，抚摸着许琳的头发。

楚宏一阵又一阵的干呕，半个多小时过去了，人开始清醒。

"几点了？"他皱着眉头，用手扯着胸口的领带。

"快十一点了。"姜茹说道。

他挣扎着坐起来："你们回去吧，都回去。"一边说，一边用手推她们。

姜茹朝外面望了望，又对许琳说："看样子好多了，脸色也正常了，你也回去吧！父母刚刚从国外回来，多陪陪他们。等明天楚宏酒醒了，让他开车带你父母逛一逛。"

许琳答应了，她们说着便离开了。

楚宏一身的酒味让我头晕目眩。我对他说："你不洗澡吗？"

"洗，可是我站不起来。"

"那不洗了吧。"我伸手去解他衬衣上的纽扣，手却忍不住地颤抖，好像是第一次接触他的身体。

我们走上楼。

我坐在床边，看着他睡觉的样子，他精致的五官和微微泛红的脸让我想起曾经站在奶茶店前不愿离开的女孩,想起她对他的留恋。

我不知道自己是何时睡着的,等到醒来时,已经八点了。我穿着拖鞋来到客厅,厨房里发出翻炒的声音,楚宏正在做早餐。

“好一点儿了没有?”我挠着头问他。

“昨天你没有吃饭吧?我看冰箱里的东西都没动。”他背对着我说,然后转身,手里端着一盘扬州炒饭。

“这是你今天早上的任务,把这盘炒饭吃完。”

我看着满满一盘的扬州炒饭:“太多了,我吃不完。”说完随即一闪,进了卫生间。

楚宏做了炒饭,还熬了红豆粥。我们吃完早饭,已经快九点半了。楚宏的手机响了,他没有接,等到铃声停止后,他关掉了手机。

“为什么把手机关了?”

“是我母亲打来的,你还记得吗,她让我今天带许琳的父母出去玩儿。”

“你不怕你母亲找你算账?”

“我不怕,你倒是很怕她。”他笑着对我说。

楚宏上楼换了一件衣服,然后把手机扔在客厅的桌上,对我说:“我带你出去玩儿。”

他一边开车一边说:“有一个地方你肯定没去过。”

那是一个叫“双蝶谷”的地方,我的确没有来过。

刚踏进谷里,就看见一个人,戴着墨镜,坐在一棵树下,手里拿着一个二胡,拉着《梁祝》。

“这个谷是为了纪念梁山伯与祝英台吗?”

“不是。”

绕过几棵参天大树,眼前出现了一座吊桥。我目测了一下,估计有二十米那么长。

我对楚宏说:“我不敢过这个桥。”

“没事,别怕。”

“我小时候也走过这样的吊桥,那一次差点儿掉下去。”

“你拽着我的衣服,跟在我身后。”

我照着楚宏说的做,紧紧地拽着他的衣服。脚下是悬崖,我没敢往下看,眼睛直直地盯着楚宏的后背。脚止不住地颤抖,每一步都小心翼翼。

等我们走过吊桥后,我终于舒了一口气。楚宏上下打量着我,忍不住笑了。

我一摸额头,都是汗水。

进入谷里,一棵古老的许愿树出现在眼前。它的身上挂满了红布条,红布条上的字很好看,写着人们对生活、工作、爱情的期望。

许愿树的旁边摆着一张桌子,一位老人在红布条上为来往的客人写下心愿,并且分文不收,用他的话来说,愿望是不能用钱来换的。我猜他一定有什么愿望没有实现,才会懂得这个道理。他也一定尝到了愿望没有实现的遗憾,才坐在这儿,希望别人可以实现愿望。

谷里没有什么特别的景致,无非就是一些花花草草,我对楚宏说:“这里没什么好玩的。”

“你看那里。”

我顺着他指的方向望去，隐隐约约看见了一个山洞，山洞前围着许多人。

“那是什么地方。”

“是双蝶谷唯一值得游玩的地方。”

我们走过去，有许多人围在山洞前，好像在等待着什么，洞前站着一个人，手里拿着一个瓶子，脖子上挂着一个口哨。

楚宏就站在我身后，一动不动地盯着山洞看。

“有什么奇迹要发生了吗？”

“不急，你等着看吧。”

突然，那个站在山洞前的男人说：“大家注意了，蝴蝶即将从洞里飞出，希望大家不要捕捉它们，要爱护它们。”

他将瓶口的塞子拔掉，然后吹了一下哨子。我盯着洞口看，一开始只有几只蝴蝶飞出来，然后越飞越多。蝴蝶缓缓朝游客飞来，很快将我们包围。我贴着楚宏，一动也不敢动，害怕不小心弄伤了它们。

随着哨声再次吹响，那些蝴蝶离开我们，往天空上方飞去，组合成不同的数字。那精致的色彩，在阳光的照耀下闪着光亮，美极了！

这种景观持续了十分钟，然后蝴蝶好像得到某种命令似的，一只一只重新飞回到了山洞。

楚宏说：“美不美？”

我说很美，从未见过。

双蝶谷附近有一个巨大的游泳池，一群人在水中嬉戏。我不会游泳，再热的天气也不敢去游泳池。

“你会游泳吗？”

"不会。"楚宏说。

"我也不会。如果我们两个掉进水里怎么办?"

"我会……"

我打断他的话:"如果可以,我一定把生的希望给你,让你一辈子思念我。"

山谷里有一个亭子,里面没有人。我和楚宏爬到上面,坐在亭子里,在这里几乎可以看到谷中所有的风景。我和楚宏背靠背坐着。也许是因为昨晚没有睡好,我有点儿困了,眼前的景物渐渐模糊,我隐约听到楚宏喊我的名字,却没有力气答应。

醒来的时候,我依然枕着楚宏的背,太阳已经落山。

楚宏说:"醒了吗?"

"嗯,你保持这个姿势一动没动?"

"我怕把你惊醒。"

"你真傻。"

他呵呵地笑:"走吧,我乐意。"

我们在双蝶谷的酒店吃了饭,往回走的时候路上基本没有人。许愿树上的丝带在风中飘动。我和楚宏并肩走着,路面留下了两个长长的影子,一前一后。

"经过许愿树的时候,你知道我许了什么愿望吗?"楚宏问我。

我摇摇头。

"我希望你做我的影子,你只要安心地跟在我身后,我在前面为你遮风挡雨。"他指着地上的两个影子,一字一句地说着。

十一　许琳离开

七夕那天,左一文邀请我们去海边开派对。

那是我第一次见到大海。我和楚宏站在沙滩上,海水有规律地来来回回,顽皮地亲吻着我们的双脚。暮色降临,太阳沉入海底的景色很美,那是陆地上见不到的美景。海面上吹来凉爽的海风,我和楚宏离开人群往远处走。无论我们走到哪里,都可以清晰地听到潮水击打岸石的声音。楚宏看了我一眼,指着大海说:“你听,潮声。”

我停下脚步,对楚宏说:“大海诞生的爱情都是悲剧。”

“可是,若是没有大海,杰克永远不会认识罗丝。”

“是啊,关键是杰克从没犹豫,更没后悔他的决定。”

“别想那么多,我们回去吧!”

今天是七夕,一个肉嘟嘟的小男孩跑到楚宏身边,稚嫩地说:“哥哥,买一枝玫瑰吧。”

楚宏挑了一枝,把钱给了他,他鞠了躬,说声“谢谢”,又跑向另一个人。

“这么小的孩子都懂得玫瑰象征爱情。”楚宏笑着说。

“这是众所周知的。”

我们拿着玫瑰，蹲下身来，在沙滩上挖了一个坑，将这枝玫瑰种了下去。到了明天，太阳升起，沙滩一片明亮，人们会发现，满目黄沙，一枝深红的玫瑰长在其中，是不是别有风味呢？

左一文打电话催我们赶快回去，我们走过去，他正在为朋友倒香槟，接下来是一阵欢呼声。

他看见我们，举着香槟，口不择言，却正中我俩下怀："瞧你俩，像对小情侣似的。"

"'像'不准确，应该是'是'。"楚宏笑着说。

"不管你们是不是，快来跟大家喝一杯。"

左一文的朋友并不多，我数了数，一共八个人，里面竟然没有许琳。

过了一会儿，许琳才来。左一文抱怨："你怎么才来？"

"对不起。"

左一文伸手拉她的胳膊，她一转身，海风中便飘满了她身上的香水味。许琳很漂亮，谁会否认呢？就在那一堆左一文的朋友中，一个男人的眼神一直停留在她的身上。他举着酒杯向她走近，笑着说："许小姐，敬你一杯。"

许琳同样笑了笑，没有回应，表示自己并不愿意搭理他。一个男人对一个女人进行赞美，无非是想要靠近她，赞美的话一出，脚步就会走近。聪明的女人会保持与他的距离，不让他靠近。

楚宏走到烧烤处，那里有两个烤箱，烤箱前各站着一名身穿制服的人，专门负责烧烤，这应该是左一文花钱雇来的。

"你要吃什么？"楚宏回过头问我。

"生菜，娃娃菜。"

楚宏端着盘子走来，似乎每样都夹了一点儿。我拿起一串娃娃菜吃了起来,味道很一般。许琳拿着酒杯,将胳膊搭在楚宏的肩膀上。此时,她身上的香水味已被浓浓的酒味覆盖了。喝过酒的她,脸上像涂了胭脂,别有韵味。

每个倚在墙角轻吐烟圈的男人,总会让女人着迷,而酒后的男人则丑态百出。同样,喝过酒脸泛红晕的女人,也会让男人动心,而当她们吐出浓白的烟时,男人见了,便以为这是她们在向自己展示妩媚。他们虽喜欢,却不会动情,矜持的女人不会随便抽烟,更不会在男人面前抽烟。

楚宏将手里的盘子递给我,许琳有点儿重心不稳,显然是喝多了,楚宏扶着她坐到一张椅子上。

"你喝了多少?"

"三杯白的。"

楚宏唤来左一文,责怪他:"你怎么让她喝这么多?等会儿她怎么回去?"

"不是有你吗?"

楚宏不高兴,无奈地看着我,我做出一个无所谓的动作,表示自己深明大义。

左一文在一群朋友中推杯换盏,我们成了另类的客人,感觉怎么也无法融入他们。楚宏走到他身边,向他告别,扶着许琳往车子停靠的地方走。许琳的身体靠在楚宏的身上,楚宏低着头,小心地躲避着沙滩上的石子。许琳在行走中两次跨过了自己脚下的饮料瓶,原来她并没有醉。

我们将她送到家中,开了门,屋子里一片漆黑。许琳捧着楚宏的脸,想要亲吻楚宏。楚宏身子往后退,碰到了身后的开关,灯光照亮了客厅。楚宏将她推开,她看了看楚宏,又看了看站在旁边的我，转头坐到了沙发上。

"我们回去了。"楚宏朝她说。

"等等，我有话说。"许琳异常冷静，所说出的每一个字的背后，都好像是要揭开的一个秘密。

"你有爱过我吗？"她低着头，一只手拽着沙发边露出的一根线，披散的头发遮住了她的脸。

"对不起。"

楚宏没有把"不爱"说出来，他害怕伤害她。当一个女人说出这样的问题时，大概没有一个男人会赤裸裸地直接给出否定的答案。

她从沙发上站起来，昂着头，走到了楚宏面前。她微微笑了一下，轻声说："你喜欢林学，对吗？"

听到这句话，我像是被人在后背上重重打了一拳，着实吓了一跳。

"你说得对。"楚宏回答道。

许琳用手摸着自己的额头，躺在沙发上，一声一声地笑着，整个身体都颤抖了起来，笑得我心惊胆战。

她没有看楚宏，而是直接对着我说："你知道吗，我有多嫉妒你。我很差吗？有多少人爱我，有多少人想得到我，他们都说我学历高，人漂亮……可是，我却得不到自己想要的东西。我有多讨厌你，真的讨厌你！"

我和楚宏都没有说话，两个人无声地站着。

她又站起来，扶着墙，继续说："第一次，当我明白什么是爱情的时候，我就爱上了楚宏，把自己少女的情怀与心思完全放在他身上。这么些年，我没有看到他和任何一个女人有过恋爱。我以为他要求很高,不把一般女人放在眼里。于是,我努力让自己变得更好,好让他能够爱我。我以为我们一定会在一起,迟早有一天……”她走到我面前,拍了拍我的胸口,“直到你的出现,彻底打碎了我所有的美梦,所有的希望。”她咳了几声,又对楚宏说:“或许,连你自己都不知道,你看林学的眼神有多么温柔,就像我看你一样。我才明白,楚宏你爱的是他……”

那一次,我们两个就像受训的孩子一样,静静地听她一个人说着。我被这气氛压得喘不过气来。

楚宏看她歪歪扭扭地走着,害怕她会摔倒,便让她坐到沙发上。

“我没事,醉得不是很厉害。”

楚宏从冰箱里拿出一杯酸奶,将盖子打开,递到她手上:“你说得没错,我很爱林学,从第一次看见他,我就爱上了他。我明白你的心,可是这样的事情不能勉强,我们还是好朋友。”

“是特殊的朋友,还是和左一文一样的朋友?”

楚宏没有再说话。许琳摆摆手:“走吧,你们回去吧!”

“嗯,”楚宏点点头,“晚安,早点儿睡。”

从许琳家走出来,我好像经历了一场腥风血雨的战争,许琳的话一字一句地戳入了我的心。我舒了一口气,然而心中像有一锅煮沸的开水,外加了许多的调料,五味杂陈。

我突然把楚宏抱住,他问:“你怎么了?”

“我害怕！他们会怎么对我们?许琳知道了,以后会有更多的人知道,我们该怎么办?”

“你还记得吗,我要你做我的影子,你只要安心地跟在我身后,我在前面为你遮风挡雨。”他稳稳地说道。

在房子的窗户边,我看到一个人影,那应该是许琳吧! 当我靠在楚宏温暖的怀抱里时,我突然开始同情她。我没有爱过一个不爱自己的人,却能懂得其中的滋味,有多孤独与寂寞。

我想起袁孝怡对我说的话,好好地从头想了一遍。在此之前,我做过最坏的打算,可是在今晚,我却依然手足无措。我知道,许琳是受到了伤害,我不希望任何人受到伤害,她有什么错呢? 正如我和楚宏一样,又有什么错呢?

八月的一天,许琳坐上了飞往美国的飞机,此后我再也没有见过她。她走的那天,我和楚宏都不知道,直到左一文手里拿着一个白色的信封来到我们面前。

"给楚宏的。"他把信放下就走了。

楚宏拆开信封,一张白纸上写着并不太长的几段文字:

楚宏:

我去美国,学着陪伴我的父母,他们是这个世界上最需要我的人。家是我最后归属的地方,无论我以什么样的姿态回去,他们都会拥抱我。我没有告诉你我的离开,分别是痛苦的,我不想说我花了多大力气才迈出了离开的脚步,只想通过这封信和你做一个道别。

我回到你身边,多年的相识,我只想有一个结果。如今结果有了,虽然这个结果不是我想要的,也让我吃惊。但是,可见我们从来都不了解对方。

第一次发现你和林学的暧昧,第一次察觉出自己的多余,我不喜欢他,不喜欢他不懂得怎样成人之美,然而到头来,真正不懂得成人之美的是自己。

很奇怪,那一夜你走了以后,我却感到了幸福。你爱上一个男孩儿,一个不错的男孩儿。你不会爱上任何一个女人,没有人可以取代我。或许命中注定我不能和你在一起。

不知道何时会再见,希望你过得好。

信尾写着许琳的名字。后来那封信也不知道被楚宏放在了哪里,我也没有再过问。

许琳去了美国,她的人生不再迷茫,当她坐上飞机的那一刻,她的道路是明确的。她告别了楚宏,去寻找另外一个男人。她很优秀,会有很多男人喜欢她。

“她会过得很好,你不要太自责。”

楚宏把我抱紧,他总喜欢抱我,在失望时,在高兴时,或者遗憾时、不舍时,一个拥抱就是他的倾诉。

当我再见到姜茹时,她的眉头紧锁着。许琳没有告诉她离开的原因,因而此时的她还不明白,许琳怎么会不辞而别呢?

我在一阵聒噪的蝉声中醒来,楚宏正在客厅打电话。过后,他走到我身边。

我将脸侧向一边,他笑着说:“亲爱的林学,我们同居的日子要结束了。”

“同居?”我惊呼起来,“谁和你同居了!”我觉得这个词不好听,感觉像偷偷摸摸似的。

他不说话,整个人压得我不能呼吸,我推开他。他说:“左一文的外公过几天就要回来了,左一文刚刚打电话告诉了我。”

“那我们不能住在这儿了?”

“是的。”

我起身坐在床上,歪着头问他:“那你能不能放我几天假,我想回去看看妈妈。”

“回去多久?”他一边穿衣服一边对我说。

“到开学回来,还有半个月。”

“那么久!”他坐在床边的沙发上,直勾勾地看着我。

“不久,才十五天。”

“唉,一天不见我就……”他故意装作一副悲伤的样子,逗得我直想笑。

我们起床,吃了饭,将整个屋子打扫干净。那一片月季,有几棵冒出了花苞,浓绿的外衣下隐约露着粉红。

下午四点,楚宏硬要开车送我回家,两个小时的路程,一路上播放着我们两个人喜爱的歌曲。

车窗外整齐又矮胖的松树不断地后退,一只野鸟从水田中扑棱着翅膀,飞向天空,消失在我的眼前。

楚宏专注地开着车,一脸严肃与认真。他就是这样的性格,平日里爱开玩笑,说一些俏皮话逗我,然而在需要认真的事情上,他又会表现得很稳重。

我隔着车玻璃,看到巨大的路牌,离我家还有十公里。当我们驶进市区的时候,路两边的路灯一瞬间都亮了。

我笑着对楚宏说:“有一种粉墨登场的感觉。”

“是啊,在欢迎你回家呢。”

他将车停在路边,拿起身边的水杯,那个水杯是我买给他的,透明的玻璃上印着几片兰花叶子。他问:“你要不要喝水?”

我摆摆手,拉下车窗,热气迅速扑向我的脸。

“我今晚是不是有理由不回去?”

“这就是你执意要送我回来的原因?”

“对啊,想让你多陪我一晚。”

“可是你住哪里啊?”

“住酒店,你陪我。”

“不行,我告诉母亲今晚回来的。”

楚宏很无奈地叹了一口气,我把他带到一家酒店,他拿出钱包,发现没带身份证。

“你说怎么办?”他问我。

“能怎么办,我也没带。”我检查了钱包,里面只有几张钞票和两张银行卡。

我抬头看了看他,他的表情似乎变得轻松,好像在说:“这是你的城市,作为东道主,该你想办法了。”

“走吧,带你去我家。”我拉起他的手腕,他却挣脱着,想握着我的手。

酒店在我家小区的对面,只隔了一条街。楚宏停好车,我们步行进了小区。我感到奇怪,小区里黑压压一片,什么也看不见。有几户人家亮着几点灯火,窗户里发出微弱的光。

我拿起钥匙开了门,母亲听到动静,知道我回来了,等我打开门,她已经站在了我面前。

“妈,是不是停电了?”

“嗯,就我们小区停了电,从五点到现在。”

“那怎么办?热死了!”我边脱鞋子边说,此时屋子里的温度和外面的温度一样。她拿着手里的扇子给我扇出了一点儿风,那清凉的感觉在有电的时候是感受不到的。

我伸手去接楚宏手里的东西,母亲这才注意到他。借着餐桌上的烛光,我看见母亲愣了一下。

我连忙介绍:“他叫楚宏。”说完后,母亲还是一副很期待的样子,希望我多说两句,于是我笑着加了一句:“是我朋友。”说完,我就奔向厨房,拿起一杯冰水喝了起来。

楚宏很正经地说:“伯母,您好。”

“你好。”母亲从身旁的鞋柜里拿出一双新的拖鞋,说,“不好意思,林学之前也没跟我说一声。”

“没事,没事。”楚宏很客气地说,在我母亲面前,他也像一个孩子,我在一旁暗笑。

我将衣服放进房间,楚宏跟在我身后,我感到了他的紧张,走路都没了声音。母亲从客厅拿来蜡烛,蜡烛的火焰足足有两厘米那么高,房间立刻变成了淡黄的,如果不是在夏天,我会喜欢这种暖暖的感觉。

母亲为我们煮了面,吃完面后,我和楚宏洗了澡。他没有带衣服,只好穿我的。因为我的衣服对于他来说小了点儿,他穿得很费劲,衣服紧紧贴在他身上,身材的轮廓也便更加明显。看着他这身打扮,我嘲笑了他一番。

他将换下来的衣服拿到卫生间洗干净。我走到母亲房间,母亲坐在书桌前,用一根牙签拨弄落入蜡烛油中的飞蛾。她很专注,神态安详。飞蛾似乎将要被拨出来了,又顺着牙签滑入油中,母亲并不气馁,一次又一次地重复着之前的动作。

母亲太寂寞了。那一刻,我责怪自己为了和楚宏在一起,留下她孤零零的一个人。

“父亲有来看你吗?”

“来过几次。怎么了?”

“我希望他能多来看看你,陪你说说话。”

母亲笑了笑,将牙签丢进桌边的垃圾箱中,那只飞蛾依旧浸泡在蜡烛油中。她转过脸,背着光,我看不清她的样子,只有墙上的一个影子,低着头,整理着床铺。

“生活是自己的,自己过得好才行,这与你父亲有什么关系呢?”

“那你过得好吗?”

“好啊,你过得好我就好。暑假实践结束了吗?”

突然,灯亮了,我听到家电同时开启的声音。

我停顿了一下,想起当初拒绝回家的理由。

“辛苦吗?”母亲问。

“不辛苦。”

母亲握着我的手:“幸好来电了,不然今晚你们怎么受得了?”

“您想谈恋爱吗?”我问母亲。

她扑哧笑了:“我都这把年纪了,还谈什么恋爱?谈恋爱是你们年轻人的事。”

“恋爱是不分年龄的。”

“你恋爱了吗?”母亲笑着问我。

“您猜一猜。”我调皮道。

“恋爱了吧?恋爱的人是最幸福的。我觉得你在学校过得很好。”

我很心虚,在母亲面前,孩子总藏不住心事:“我过得好是不是比什么都重要?”

“当然是。”

母亲看了看手表:“好了,去睡觉吧。”我走到房门口,母亲又说了一句,“楚宏是客人,别冷落了他。”

我不懂她的意思,想从她的眼神中看出点儿什么,却又不敢看她,蹑手蹑脚地回到了房间。楚宏正站在空调下,见我回来,问道:“和母亲说什么了?”

“聊聊天,没什么事。”

楚宏笑着看了看自己,又对我说:“我穿的这身衣服太难受了。”

“谁让你不带衣服的。”我置之不理,爬上床。

他伸手将灯关掉,坐到床边,双手揽住我的腰,在我耳边说:“我想把衣服脱了。”那暧昧的语气让我喘不过气来,他将衣服扔到一边,手从我的上衣滑进我的胸口。我不自觉地伸手将他抱住,他抬起头,看了看我,将湿润的双唇贴在我身上,一步一步地游走。

之后,我躺在他怀里,身上还有彼此的余温,那种气息好像在我耳边来回了千百遍,让我沉醉。我握着他的手,放在他的胸口,感受着他的心跳。很奇怪,这次欢愉过后,有一种淡淡的忧伤涌上了我的心头。我松开手,侧身抱着他,心里害怕快乐的短暂,害怕这样的日子在生命没有到达尽头的时候就会结束。他闭着眼睛,另一只手让我枕着,在这昏暗的夜色里,我那忧伤的念头,像可以回家的信鸽,一遍一遍啄着我的心口,让我感到不安。

第二天早上,我早早就醒了,楚宏还在睡,我去阳台取下他昨晚洗好的衣服,将它们叠好放在床头。

我轻声地刷牙、洗脸,然后又来到母亲的房门前,贴耳听了听,里面很安静,母亲应该还没起来。

我穿过客厅,来到厨房,熬了粥,炒了一大盘蛋炒饭,看了看时间,还不到七点。我叫醒楚宏,让他穿衣服,等会儿吃早饭。他揉揉眼睛,看着我说:“你起得真早。”

他开始穿衣服,我回到客厅,阳台散发出百合花的香味,窗帘下的芦荟长得更大了。

在餐桌上,母亲似乎很高兴,笑着说:“今天中午我去买点儿菜,给你们做点儿好吃的。”

“妈,楚宏等会儿就走了。”

“不玩几天吗?好不容易来一趟。”

“不了,他还有其他事情要忙,而且他来得匆忙,连一件衣服都没带。”我很想让他陪在我身边,但不能把他留下。

楚宏走后,我将剩下的时光都用在了母亲身上,连陶玥得知我回来约我出去玩,都被我拒绝了。

母亲的幸福溢于言表,她常常笑,每天做着不同的饭菜,还经常上街买衣服,和我一起挑选护肤品。

然而,这些年我陪在她身边的次数越来越少,她日子的辛酸与欢乐,我从来没有认真体会过。

岁月在她的身上留下过怎样的痕迹,除了脸上的皱纹,其他的我却知道得很少。如今的她,不再拥有爱情。我是她唯一的孩子,然而当我与她身体分离的那一瞬间,则注定了我将离她越来越远。她爱我一生,付出了所有,我却没有给她任何回赠。当我和楚宏的事情水落石出的那一天,母亲会受到怎样的打击。

暑假结束,我要回学校了,母亲突然问我:“上一次楚宏是特意送你回来的吗?”

“对啊。”我很直接地回答了她。

“他对你真好。”

两个人都是低着头说着,谁也没有看谁。

“哦。”我忙岔开话题,心里埋怨自己头脑简单,应该说楚宏只是路过这个城市,顺便送我回来的。

我将行李整理好,对母亲笑着说:“我走了,你要快乐!”

她捏了捏我的脸:“我很快乐,你也要好好的。大学只剩下一年了,要珍惜,这是你青春的终结。”

“有爱就有青春,有爱就不会老。”

坐在返校的车子里,我想起母亲用手捂住脸庞的动作,应该是害怕离开我的,害怕我走后的孤独。她喜欢有人陪在她身边,也许每个人都是一样的,母亲也是凡人,她对我的要求,也必然和其他母亲一样。可我呢,却和别的孩子大相径庭,她的期望在我的身上必然会落空。

十二　多事之秋

二〇〇三年的初秋，我大四了，大学生活只剩下最后一年。那一年的秋天，空中的白云是厚重的，微凉的风带走了燥热。每到黄昏时分就会开启的路灯，仿佛成了垂暮老人，仅剩下一点儿光热。

最后一年了，回想起刚进大学的自己，稚嫩得如同新芽，有最好的憧憬，有最真挚的感情，也就在这四季的交替中，我们都长成了不同的模样。当我看到一夜秋雨后飘落一地的叶子时，才突然发现，我还没有细致观察过校园。春花、夏雨、秋月、冬雪，好像从未来过。那时我才意识到，再不去珍惜，以后就再也没有机会了。

大四的课很少，课后我和陶玥会在校园里散步，踩在柔软的树叶上，听它们发出细腻的碎裂声。图书馆的左边有一个水池，一团团墨绿的莲叶浮在水面，其间开着两朵粉色的睡莲，小鱼在水底不停地游动。两棵已有千年的银杏树披着金黄的外衣，格外耀眼，起风的时候，金黄的叶子漫天飞舞，那般绚烂，大概也无悔了。

越往深秋，越可以看到秋花的惨淡。原本精美的玫瑰，无奈地收拢了多情的身姿。茉莉优雅地来，优雅地去，像一个公主，受不了秋天的萧瑟。一朵朵月季，脱落得只剩下几片花瓣留恋着花枝。绿色的草地，慢慢被落叶覆盖了。几场秋雨过后，天气越来越冷，外面的景色也越发萧条。

我坐在楚宏身边，看着淅淅沥沥的秋雨。店里没人，最近生意不太好，奶茶虽然好喝，喝多了也会觉得腻。柜台前，楚宏对我说："你还记得我们第一次见面吗？也是一个雨天，那天的雨是红娘，留住了你。"

"那天，我问你有没有伞，幸好你没有，不然我就走了。"我怔怔地看着他，又咬了咬嘴唇，问他，"如果那天我走了，现在的你会过着怎样的生活？"

他摸摸我的下巴："可能会有另一种生活，就像外面的雨一样冰冷，没有温暖。"

突然他俯下身子，附到我耳边，轻声地说："其实，那一天我是有伞的，只是不想借给你。"

"原来你对我一见钟情啊。"

"是啊，一见钟情！"他坏笑着，"你会不会觉得我很坏？"

"坏得厉害。"我笑着说。

"如果你走了，如今的生活该有多寂寞。"

他握住我的手，我张开手指，和他十指紧扣。他的手真暖，我像一个站立在风中的小孩，对这样的温暖毫无抵抗力。我低头在他的手背上画五角星，一抬头看见韦鸿光牵着一个女孩，举着一把黑色折叠伞从街心走过。我松开楚宏的手，朝外面喊道："韦鸿光！"

他侧过脸看到我，拉着那个女孩来到店里，两人穿着情侣装。韦鸿光抖抖伞上的雨水，那个女孩个子很高，头发高高盘起，红红的嘴唇,高高的鼻梁,一双深情的眼睛,脸颊微红,大概是被冷风吹的。

韦鸿光介绍道:“她叫沈朝露。”一听她的名字,心里就想怎么会有人起这个名字?早上的露水是不会长久的。

我对她说:“你好,很高兴认识你。”楚宏给他们每人端了一杯焦糖奶茶。

韦鸿光向沈朝露介绍道:“林学,楚宏。”

我看了韦鸿光一眼,他朝我挤眉弄眼,滑稽得很。他谈了一个新的女朋友,我完全被蒙在鼓里。想起这十多天,他几乎不在宿舍,也没碰过电脑,那时我还觉得奇怪,现在才明白过来。

那天晚上,我们四个一起吃了晚饭,韦鸿光给她剥了一只虾,沈朝露让他喂她,他照做了。我朝楚宏指了指盘里的虾,他心领神会,准备要给我剥,我忙在他耳边轻声地说:“我说着玩的,我不吃。”沈朝露吃得很少,每样东西只吃一口,最后喝了半碗玉米蛋花汤。韦鸿光让她多吃一点儿,她就骂他是坏蛋,存心让她变胖,还对我们说:“每个男生都对自己的女朋友说,多吃点儿,吃胖了就没人要你了,我就可以把你永远留在身边。但是若女朋友真长胖了,第一个逃跑的人就是男朋友。”

韦鸿光被说得无力反驳,但还是一脸笑意。过了一会儿,他说:“其实,男朋友让女朋友多吃,是不爱女朋友的表现。因为女朋友听了他的话,吃胖了,他想溜的时候,女朋友就追不上了。”说完他自己笑了,沈朝露也跟着笑。我和楚宏却像呆子一样,一会儿被他们的甜言蜜语恶心到,一会儿又紧张得像是在看一部电视剧,不知道接下来会发生什么,更不知道男女主角会有怎样的对白。

在宿舍,我问韦鸿光:“你怎么可以拿她开玩笑?”

他一边拧着毛巾,一边说:“无所谓啊!”

“你不怕她生气吗?”

“不怕。”他进入卫生间洗漱。

躺到床上后,韦鸿光告诉我,沈朝露也是大四的学生,她是一个极爱美的女孩,每个月的生活费基本都买了护肤品。别人说她的身材好,说她的脖子好看,因而即使在最冷的冬天,她都会穿得很少,宁愿受冻,也不愿意掩盖自己的身材,更不会戴围巾,因为在别人夸赞之后,她也觉得自己的脖子很性感。她爱美,同时也喜欢别人观赏她的美。

她和齐颜有一个共同点,都不爱吃香菜,都觉得香菜有一股臭虫的味道,无法接受。

我问韦鸿光:“那你和她出去吃饭的时候,会点凉拌海带丝吗?”

“不会,从来不点。”

我朝他说:“你学会了如何爱一个人。”

他突然很严肃地看着我,表情凝重:“我不够爱她,甚至不敢用‘爱’字。”

他的神情有一点儿忧伤,五官是出奇的安静,好像一个喝醉的人,坐在空房间里,对着灯光回忆过去,心中有说不尽的苦痛与思念。

因为他不爱她,所以会口无遮拦地开玩笑。他多么可恶,又多么可怜。在他的神情里,我看到了齐颜,想起了他们的争吵和矛盾。因为爱着对方,太在意对方的一切,原始的欲望使得他们都渴望征服彼此,所以才会有那么多的折磨。

我突然想起《道林·格雷的画像》里的一句话,婚姻的相安无事,是因为他们不再爱彼此。只有不爱一个人,才可以和他相处得平和。

曾经,父母的脸平静得像落地窗户,他们没有争吵,甚至连一点儿声音都没有。

齐颜在知道韦鸿光恋爱后,活泼的脸一下子没了表情。尽管她表现得毫不在乎,还安慰自己,把韦鸿光骂了一顿:"他就是一个不靠谱的人,品味也差,你不知道沈朝露是一个怎样的女人。"她长长地叹了一口气,又接着说,"幸好我没有和他在一起。"

说完后,她将杯中冰冷的可乐一饮而尽,冻得浑身发抖,再也没有和我说一句话。在我快进宿舍的时候,她突然问我:"韦鸿光是不是很爱她?"

我不知道怎么回答她。

"这多不公平。"她小声地说着,生怕被别人听见,然而被我清晰地听见了。

也就在两个月后,韦鸿光和沈朝露分手了,这场恋爱就如沈朝露的名字,短暂得犹如夏日的雷阵雨,来得快,去得也快。韦鸿光重新回到了游戏世界,每日吃饭、睡觉,偶尔也上上课。对于这样一段露水恋爱,他没有一丝的留恋。

那天,一杯可乐出卖了齐颜,即使分手了,她还是介意韦鸿光是否爱上了别的女孩。她呢喃的那句"这多不公平",揭示了她的内心。

十一月中旬,学校给我们师范生放了二十天的假,其目的是让我们回到家乡,找到当地的学校,听课、讲课。为了防止我们偷懒,学校要求我们对每一节课都要进行记录,还要让学校的相关负责人签字、盖章。

听到要放假二十天，我们都很兴奋，欢呼的声音早就盖过了老师宣布任务的声音，谁也没有听到假期的任务。

我和陶玥并没有回去，在袁文深老师的帮助下，我们很顺利地进入了当地的一所中学。走进课堂的那天早晨，太阳跳出云层，投出一道道明媚的光，暖暖的，很惬意，新的一天就这样开始了。班主任老师对我们进行了介绍，我面对着学生，一双双水灵灵的眼睛透出好奇的神色。我突然谨慎起来，在这二十天的听课、上课中，我的角色进行了转换，从学生变成老师，是那么新奇而又快乐。然而我也很小心翼翼，害怕说错话，对于第二天要上的课，我要花费几个小时去准备，确保知识点的完整与准确。

每天放学后，楚宏会来接我和陶玥，这个学校离我们学校很远，坐公交车需要近一个小时。偶尔，我们三个人一起吃饭，饭后陶玥会在奶茶店坐一会儿，更多的是一个人回学校。

和陈哲分手快一年了，陶玥没有再恋爱。对于上一次感情的伤害，她吸取了教训。她变得谨慎，绝不轻易再将自己陷入感情的泥潭。再提到陈哲时，她的反应平静多了。然而陈哲成了她无法愈合的伤疤，这个伤疤也时时提醒她要做一个瞻前顾后的女人。

就在不久前，我和她在校园散步，我们在校园里绕了好几圈，我悄声对她说："你发现了吗，身后的那个男孩儿好像在跟踪我们。"

她悄声地说："我知道，之前他也跟踪过我好几次。"

我一下明白了，那个男生应该是喜欢上了陶玥。一次，我在图书馆找《荆棘鸟》这本书，找了好久也没有找到。突然一个男生站在我面前,个子比我还要高,当时我目测他应该有一米九。他穿着一件皮夹克,搭配着一条九分牛仔裤。他张开嘴巴,好像要和我说什么,却又说不出口。

我问道:“你有什么事吗?”

“你是陶玥的好朋友吗?”

“是的,怎么了?”我对他好奇起来。

“我想请你帮我一个忙。”说着,他把一直放在背后的双手伸到了我面前,他拿着一个粉色的信封对我说:“我想请你帮我把这封信交给她。”

我接过信,他朝我说了声“谢谢”。那天傍晚,我将信交给了陶玥。陶玥问:“这是什么?”

“一个男生给你的情书。”我一边吃着紫薯条,一边笑着说。

她的嘴角上扬了一下,吃惊地说道:“还有男生用粉红色的信封?”

“或许,男生都觉得女生喜欢粉红色。”

她将信封打开,拿出里面的信,信纸是很好看的青绿色。她放慢脚步,静静地看完,然后把信递给我。信写得不长,字很清秀,倒不像一个男生写的。我一口气把它读完,信里写道,他正在读大二,在学校的艺术中心第一次见到陶玥,那时她正在看学校举办的舞蹈比赛。他也是这次舞蹈比赛的参赛者,他表演结束后,她在第一排给他鼓了掌。他站在台上,面对着众多的观众,却只看到了她,就在那一刻,他喜欢上了她。然而,在他的心中,她冰冷得像高山上的雪莲,冷得让他始终不敢靠近。每次他等她下课,悄悄地跟在她身后,像一个保镖,暗中保护着自己心爱的女人。

我把信还给陶玥:“你怎么想? 我见过那个男生,感觉不错。”

我们走到一亭子中,她在一条石凳上坐下,看着地上的一簇簇小草。

“我和他不合适。”她没有看着我。

“你在想什么?”

“他才大二,我大四,再有半年多我就毕业了,难道让我再经历一次异地恋吗? 况且你看他用的信封是粉红色,信纸是青绿色,由此可见,他很幼稚。”

我没有劝她,直到有一天,我发现那个男孩再也没有出现在她的身后。她的背后是一双双麻木的眼睛,他们所看的风景里,不会有她。没有一个人会深情地望着她的背影,心生出无限的柔情。不知道当她回过头的那一瞬间,会不会觉得背后太过空旷,风儿吹过,有一丝清冷呢?

实习结束的那天是星期五,上了两节课后学校就放了学,为的是让住校的孩子能够赶上回家的车。我和陶玥站在学校门口等楚宏,风很大,我俩冻得浑身发抖。

我注视着校门口那条南北走向的公路,焦急地等着楚宏的到来。

陶玥走到我身边,低着头说:“楚宏对你真好。”

我看着她的眼睛,想起那一次在琴房的事,她看着我,什么也没有说,但是心里好像明白了一切。今天她突然提起,好像是希望我能向她坦白。她的语气是淡淡的祝福,我想她应该明白了我那天在琴房的用意,现在她给了我第二次坦白的勇气。

“是啊,他对我很好。”

“真好! 有这样一个人全心全意地对你,你要好好珍惜。”

“你……没有觉得奇怪吧？”

“你怎么这么想我？你能过得好，比什么都重要。我希望你快乐！”

我朝她会心地笑了。楚宏的车停到我们面前，上车后，楚宏给我俩一人递了一杯热牛奶：“暖暖手，冻坏了吧？”

陶玥没回答，我说：“不冷。”她朝我们笑了笑。

到了店门口，陶玥说：“我回去了，学校那边还有事儿。”她没等我开口，就背对着我，朝我挥挥手。

我们吃了饭，楚宏在搅拌奶昔，我擦着店里的桌子。他走过来，从后面抱着我，手臂的力气越来越大，我说：“疼了。”他忙松开我，我对他说：“今天我向陶玥说了我们的关系，她让我好好珍惜你。”

楚宏笑着说：“小傻瓜，你以为别人都不知道我们是什么关系吗？我的朋友都知道。”

我停了一下手里的抹布，问道：“你母亲知道吗？”

“她？应该不知道，毕竟她不常和我们待在一起，也接触不到我的朋友。”他看着我紧张的样子，两只手不停地搅动着奶昔，“你一直都害怕她知道，你心里一定有很大压力。”

“嗯。”我在一张椅子上坐下，“你的朋友知道，我的朋友也知道，可是此刻我们依然能安然地坐在这里，像往常一样聊天、拥抱。可是，如果你母亲知道了，我们还会有这样平静的生活吗？无论如何，她肯定会阻止你和我在一起的。”

我看着自己的袖口，停了半天，说：“我害怕。”

我站起来，接着说：“你母亲独自把你养了二十年，我不想伤害她。你答应我，不到万不得已，不要说，好吗？”

楚宏用手背托着我的下巴，鼻尖抵着我的额头："我答应你！别想那么多，我会尽量不伤害到你，不伤害到她。你相信我，好吗？"

许琳走后，姜茹继续为楚宏张罗别的女孩，我不知道她从哪里弄到那么多"资源"，楚宏都以各种理由拒绝了她安排的相亲活动。他经常在奶茶店接到姜茹的电话，三句不到，两人就吵了起来。她的一再坚持让楚宏几乎崩溃，最后他索性关机。

不过，从他母亲为他安排的相亲中，我可以看出一个女人意志的坚强，为了自己的孩子，更是可以将这份意志发挥到极致。电话无法打通，她就将女孩带到奶茶店里，逼着楚宏与她们相亲。当然在奶茶店里，争吵还是一如既往地发生。我见过五个女孩，她们都很漂亮，姜茹的品位很好，总能为楚宏找到看似与他相配的人。只是，当她们面对着楚宏冷冷的态度，以及看到姜茹与楚宏之间的争吵后，通常都会尴尬地离开。

那一次，女孩走后，姜茹气得脸色都变了，粉白的妆透着难以遮盖的红。因为楚宏恶狠狠地说了句："您别给我安排相亲了，求求您了。"那说话的语气大概伤透了她的心。她坐在椅子上一言不发，盯着楚宏的背影，两道眉毛不断地靠拢。她大概在想，为什么儿子会几乎痛苦地说出刚才的那一句话？他为什么会这样厌恶相亲呢？她想不明白，疲惫地闭上了眼睛。

"楚宏，那些女孩你是不是都不喜欢？嫌她们长得不好看？"

楚宏看着外面的街道，他的思绪好像飞到了别处，根本没有听到姜茹的话。我用手拽了一下他的袖口，他回头说："你说什么，妈？"

“你是不是觉得那些女孩长得不好看,没交往的兴趣?”

楚宏走到她的身边坐下,拉着她的手,给她理了一下落在眉间的发丝:“妈,我喜欢一个人,他占据了我的身心,让我容不得喜欢别人。”

“哦,她是谁?带给我看看。”她笑了起来,一脸幸福的样子。我突然很心疼她,也让自己陷入了深深的自责之中。

“现在还不是时候,他比较胆怯。等时机成熟了,我把他带回家,到时候你一定要喜欢他,像我喜欢他一样喜欢他,好吗?”

姜茹笑着点点头,刚刚紧皱的眉头终于舒展开了。尘埃落定,所有牵动着的不安都有了答案。姜茹走出奶茶店的时候,笑着对我说了声“再见”。在她的心里,前方的道路终于明亮了。

在此之后,姜茹再也没有带女孩来过,她暂时不会为儿子的爱情烦恼了。而在我的脑海中,一直挥之不去的是她那痛苦不堪的神情,仿佛没有什么事会令她更痛苦了。我也知道,这痛苦的根源在我,我让她难以获得世上最平凡的期望,我是一个多么可恶的人。

元旦那天,韦鸿光回家过节了,楚宏在我的宿舍里,憔悴地躺在床上。我借着灯光看着他的脸,胡子都冒了出来,下巴也尖了,这段时间,他是在烦恼中度过的。我坐在他的身边,他突然伸手将我的脸贴到他的怀中:“林学,无论怎样,你都不可以离开我,知道吗?”

“你怎么了?”我身子往前,将脸埋在他的脖子下面,两条胳膊圈住他的肩膀。

“没事,你在我身边,我所做的一切、坚持的一切才有意义。未来,无论遇到什么困难,你都要跟在我的身后,不能离开。”

“我不会离开你的。”我去吻他，他将我压在身下。

那晚，我看见外面清冷的月光透出清冷的寒气。月亮一定很寂寞吧，整个苍穹只有它，孤零零的。这个世界也太寂寞了，一个人的路，我不愿意自己走。

十三　何成轩的婚礼

二〇〇四年的一月十六号，何成轩结婚了。早在一个星期前，他就通知了我，让我参加他的婚礼。

当时我问他，怎么这么突然？又想起他一年前对我说："父母催嘛，没办法，我也耽误不起了。"他在电话那头笑了笑说："怪自己贪玩儿，活该！"我明白他的意思，开玩笑地说："自己种的果，还得自己收。"他笑得很大声，我在电话另一头却感到不安。也许，这一场婚姻不是爱情的产物，连他自己也觉得罪恶。欢笑是掩饰失意最好的方法，这样谁也看不出你的脆弱。

在婚礼的前一天傍晚，我遇见了他，他一个人在楼下，用脚来回踢弄着路上的易拉罐。我在他身后，拍了拍他的背，厚厚的羽绒服让我感觉他整个人都空了。他一看是我，笑了笑，见我手上拎着两大包从超市买来的东西，伸手一接："走，去你家坐坐。"

外面的天色明晃晃的，透着一点儿黑，没有风，天空似乎高了许多。光秃秃的树枝摆着不变的造型，几只麻雀在屋檐下叽叽喳喳地叫着。它们没有人的复杂，不懂人的心思，所以它们很快乐。

"快下雪了。"我朝他说。

"是吗？我没看天气预报。"他只顾着上楼，重重的脚步踩得楼道咚咚响。

我开了门,走到客厅给他倒水:"明天的婚礼若是伴着雪花,应该很唯美。"

他一屁股坐进沙发,好像没了骨头似的:"或许吧!"

"给,暖暖手,看你冻得鼻子都红了。"我把热水递给他,他双手接过杯子,看着我家桌上的一盆塑料玫瑰花。

"有句话是怎么说的,玫瑰久了……蚊子血?"他问我。

"你还看张爱玲?"

他抿了一口热茶:"苏晨很喜欢那一段话,老在我耳边说,弄得我都能背下来了。"

"都这个时候了,干吗还提她?"我抓起零食盘里的核桃吃了起来。

"对,不该再提!"他喝的是水,却感觉像喝了酒似的,人飘飘忽忽的,眼睛里的光若隐若现:"那么久了,她偶尔还会浮现在我的脑海中。"

何成轩临走的时候,天上果然下起了毛茸茸的雪,看起来好像白色毛衣抖落的毛絮。

我给他拿伞,他说:"不用了。"我打开门,他吸了一口凉气:"外面真冷。"

"你该放下了。"

"嗯,从此刻开始。"

他裹了裹身上的衣服,两手环抱着,好像在给自己取暖。我在楼上看他,在纷扬的大雪中,我渐渐看不清他的身影。不知道是雪大了,还是他走得太快,想逃离什么。

我躺在沙发上,拿了一个靠枕放在自己头下。在何成轩心中，苏晨就是那朵开不败的红玫瑰，无论多少年，因为没有得到，那朵红玫瑰依然在他灵魂深处骄傲地绽放。她的离开，是他一生抹不掉的痛，他始终卑微而又不舍地独自沉醉。

我起身，捧起那棵塑料红玫瑰，挑出落在上面的一根头发。它是我在高中的时候买的，如今也有六年了。我们每一个人都变了，阳台的花也经历了四季的更替，唯有它却一点儿没有变。我突然想到，为什么人们会喜欢鲜艳的玫瑰？它太脆弱了，花瓣会枯萎，叶子会发黄，枝条会干枯，哪能像塑料一样长久呢？

我欢喜地看着它，凑上前去，遗憾的是它没有香味。

情人们之所以不爱塑料玫瑰，只因它没有好看的色泽、好闻的味道。真正喜爱的，纵不长久，也灿烂过，没什么遗憾！直到最后，留下怀念的余香、芳影，终会绕在心头，久久不能散去。

第二天的婚礼是在我们城市最好的酒店举办的。一条红地毯从酒店的门口铺到路边，地毯的两边摆着玫瑰、百合花，上面还盖着薄薄的一层雪。

何伯伯在生意场上许多年，那天到场的男人都是豪车名表，女人都是珠光宝气。有些上了年纪的中年女人，在这么冷的天气，依然穿着抹胸的连衣裙。她们走到一起，相互嬉笑着，也相互比较着。热闹的人群让我感到冬日里异样的燥热，才明白那些女人为什么可以穿得那么少。

父亲在和何伯伯聊天，我一个人无聊地坐在一张椅子上。突然，我想起后台的何成轩，于是便像一条游鱼一样，灵活地穿过密密麻麻的人群，来到他身边。他穿着一件黑色的西装，里面是一件白衬衫，脖子中间系着一条红色的领带。有两个人往他的头上喷洒定型水，整理出精致的大背头。

新娘坐在镜子前,一大群人围着她忙碌。我在镜子中看了看她,她脸上扑着白白的粉,两道眉毛越描越细。艳红的嘴唇搭配着极白的脸庞,有种让人不敢靠近的冷艳。一个与她年纪相仿的女人在她的头上披了一条白色的头纱,并小心地熨了熨上面的一处折皱,在新娘腰身处轻轻提了提。新娘在一个大大的落地镜前,仔细地看着自己,小声地问着别人的意见,一会儿觉得粉抹得太厚,一会儿又说忘了戴珍珠项链。身边的人听着她的指挥,七嘴八舌地说这样好看那样好看。

在何成轩身边,站着一位外国小伙子,正在与何成轩小声地交谈着什么。我站在一旁不说话,何成轩突然拉了一下我的胳膊:"今天太忙了,差点儿冷落了你。来,我给你介绍一下,这是费尔,我的伴郎,中法混血儿。"

他立体的脸庞上镶嵌着一双深邃的蓝眼睛,一看就知道是外国人。当然中国人的特征在他的身上也有一些体现,眼角下斜,嘴唇过于薄了些。

我向他问好,他却抢先给了我一个拥抱:"你好,很高兴认识你,我叫费尔。"

"你好,我叫林学。"

我悄声问何成轩:"新娘叫什么名字?"

他用手指在手心上写着"夏文燕"三个字。

外面的人进来喊,婚礼开始了。何成轩牵着新娘走了出去,我走到酒桌旁坐下。新娘的头上撒着细碎的银光色纸片,柔和的灯光落在她身上。她看起来很幸福,深情地望着何成轩,她仿佛是在告诉他,在此后的人生里,她将是他最忠实的伴侣。

婚礼司仪开着玩笑,我看见何成轩笑了,只是这样的笑容在灯光的映照下，显得苍白。仿佛一个不爱笑的人，为了迎合别人说的笑话，硬是挤出了一个笑容。

他在和司仪互动时，不小心将胸前的玫瑰花弄掉在了地上。他低头看了一眼，却没有弯腰去捡，依旧微笑着面向大家。

台下的人都露出笑脸，期盼着这一对新人地久天长。何伯母还落下了眼泪。婚礼继续着，欢呼的掌声一潮高过一潮，像夏天的雷声，没有节制、没有规律地传到我耳边。

婚礼仪式结束了，宾客们开始喝酒，不喝酒的人讨论着一桌的饭菜，喧哗声似乎比刚才的掌声还要大。我在角落挑了个位置坐下，同样满满的一桌菜，却连一个吃菜的人都没有。

费尔来到我身边，笑眯眯地看着我，仿佛我们已经成了很熟的朋友。我盯着桌上的一杯香槟，杯壁上的气泡不断地向上冒，然后露出水面，破灭，好像一个个失败的前进者。

“你在看什么?”他的中文很好，但语调还是有一点儿生硬。

“哦，没什么。”我晃了晃手里的酒杯，不小心将酒水洒在了他的鞋子上，忙说，“对不起!”

他笑着说：“没关系。我可以坐下来吗?”

“可以。”我转身看何成轩，在不远处，他挽着新娘的手在敬酒。他很豪爽地一杯接一杯地喝着，在座的人都连声叫好。

我从桌边纸箱里拿出几张红纸，折了一只千纸鹤，放进盛满香槟的酒杯中。清澈的酒里倒映着一个红色的影子。我觉得好看，又折了一只，放进另一个杯子里。费尔聚精会神地看着我，却一脸迷茫，直到一只千纸鹤在我手中诞生，他不禁拍手道：“你是一个很了不起的人。”

“为什么呢?”

他不好意思地笑了笑，有些腼腆："你居然可以用一张纸折出这么美丽的鸟。太棒了！我没见过像你一样厉害的人。"

我哈哈大笑："这个没什么难度，改天教你。"我举起自己的酒杯，往他的杯子上碰了一下，然后一饮而尽。酒辣得我的五官都挤到了一起，流过喉咙的那一刻，像喝毒药一样让人痛苦，不明白为什么有人爱它如命。

何成轩歪歪扭扭地来到我面前，我起身去扶他，他重重地把我按到椅子上。他倒在我身旁的椅子上，歪着头，好像很痛苦的样子。随即他又说："来，陪你喝一杯！所有人都陪了，不能漏你一个，一辈子就结一次婚，马虎不得！"

我把他的身子扶正。他的领带挂到了脖子后面，胸前的白衬衫上还有几滴刺眼的油渍。

"不喝了。"我朝人群中望去，新娘不知道在什么地方，何伯父、何伯母忙得只闻其声，不见其人。何成轩嘴里嘟哝着，一句一句，像一个牙牙学语的婴儿，我一句也没有听懂。我给他喂了半杯酸奶，他喝了一些，又吐了出来。过了许久，新娘匆匆出现，惊讶地说："原来在这儿，我还到处找呢！"说着，她与费尔两个人把他扶了起来。

费尔笑着对我说："拜拜。"

"拜拜，注意地上的酒瓶。"

他再一次不好意思地红了脸，我不明白他害羞的原因是什么。

参加婚礼的人带着醉意，送上祝福，又陆续离开。原本热闹的气氛慢慢冷却了下来，也如这对新人，婚礼只是他们人生的一个高潮，过后是平静的生活。

室内的灯一盏一盏地熄灭，服务人员忙着收拾地上的垃圾以及桌子上的残羹冷炙。

我没找到父亲，不知道他是怎么回去的，有没有喝醉 。

我双手插进口袋，从挎包里拿出楚宏送给我的围巾，将脖子围住。我没有打车，沿着路边往家走。白天下的雪融化成水，到了晚上，又结成了冰，路面很滑。我担心着父亲，自己也小心地放慢了脚步。天气格外冷，幸好我有围巾，它就像楚宏，环绕着我的脖子，让我感到温暖。三三两两的青年男女，嘴里冒着白气，也只有他们才有这样的热情，还在这冰天雪地的冬夜里逗留。

到家后，我感到很疲惫，除了脖子，全身冷得没了温度。那一杯香槟使我的喉咙火辣到现在，我赶紧喝了一杯热水。打电话给父亲，他已经安全到家。之后我又打电话给楚宏，他正在和左一文聊天，我没有多说什么，就挂了电话。

在睡觉之前，我翻开日记，写下这样一句话：这是一个流行结婚的年代，只是我们都没有好好爱过。

何成轩结婚了，就在结婚的前一天，他都没有爱过那个新娘。

一代又一代人，在相同的宿命里生活着。出生、成长、结婚、生子，然后老去，离开人世。我们无力抗争命运的安排，然而却没有想过那一切是不是我们想要的。

十四　陌生的路

返回学校后，我数了数日子，还有四个月我们就毕业了。想到这里，我们都惊慌了。

三月的校园没有一丝春色，依然寒气逼人。枯黄的草儿匍匐在地面上，睡了一整个冬天的花儿，仍不愿意张开姣美的脸庞，天边偶尔一两声鸟叫，让人感到身心悲凉。

对于即将离校的我们，心中没有明媚的欢快，也忘记了对春天温暖的找寻。

大家渐渐变得不爱说话，仿佛在提早学习适应社会的沉默。几个好友聚在一起，不再聊娱乐新闻，说的都是自己想做什么工作，如何过上梦寐以求的生活。如果谁的梦想大到不切实际，其他人便会哄堂大笑，而那个人却面红耳赤地坚信自己的能力与梦想，相信终有证明与实现的一天。未来的一切，似乎都由我们自己支配好了。

到了四月，柳枝如黛玉的纤腰一般多姿地摇摆着，挂在水面上。桃花、杏花混合着飞舞在天地间。那一次，我看见韦鸿光与齐颜重新走到了一起，在这个温暖与感伤交织的季节，他们的爱情随着万物苏醒了。两个人都明白，他们的爱情就像一块漂在水面的木板，溺在水中的他们知道，再不抓紧它，一切都来不及了。

韦鸿光告诉我："没有哪个女孩可以代替齐颜。"齐颜也说："我忘不了韦鸿光。"想起她在得知韦鸿光恋爱后说的那句"这多不公平"。那个时候，她还不知道韦鸿光依然爱着她。依然爱着不爱自己的人，那才是真正的不公平。如今，他们再次相爱，去弥补曾带给彼此的伤害。爱是伟大的，那点儿委屈又算得了什么呢？

那天傍晚，我一个人在学校湖边看鱼，它们有着不同颜色的尾巴，蓝的、粉的，还有红的，像古代舞女的舞袖，又像是滴入了不同色彩的墨水，在湖中荡开。我将手里的饼干揉碎，撒入水中，一瞬间，它们从各处涌来。色彩斑斓的身体汇在一起，就好像唱戏人的花脸。

湖边有三排正方形木凳，供学生休闲聊天。木凳之间栽着密密麻麻的松树。这个地方四周种了许多高大的树木，刚出的叶子遮盖了地面，挡住了阳光，因而有一点儿冷清。

我坐在一个木凳上，看着木凳底下，一株兰花在长如玉簪的叶子中寂寞地绽放。虽然张九龄说"草木有本心，何求美人折"，但是，当我看到它的孤寂，还是忍不住叹息。不求美人折，不是有本心，而是无人能欣赏，只好自我安慰一番。

在我的左边，一排矮矮的松树里，传出轻缓的脚步声，渐渐地我听到一声声抽泣。那是女孩的声音："快毕业了，你就要和我分手？"

"不然怎么办？迈出校园，对我们来说，最重要的是生活，是如何活下去。你别任性了！"

女孩哭得说不出话来。男孩接着说："我们都要现实一点儿，你也不会为了我放弃家人给你做好的安排，这样最好，谁也不欠谁。”

男孩走了，隔着松树的细缝，我好像看到男孩给了女孩一张纸巾。女孩擦干眼泪，拍拍身上的灰尘，掸了掸衣服，朝着相反的方向离去。

对于每一届毕业生来说，许多恋人都有一个不成文的规定：“毕业那天，就是分手的时刻。”当一个男孩说“我们要毕业了”，下文就是“对不起，我们分手吧”。也许，在毕业时选择分手，是真不爱对方了吧，两个人都做好了生活中没有对方的打算，计划好了没有对方的未来，彼此都停止了对爱情的追寻。活着是基础，然后才可以谈爱情。人总是这样，活着活着就俗气了。当然这份俗气，谁又敢说它是错误的呢？

所以，那些即将毕业的恋人，都感到此刻的爱情就如同漫天飞舞的柳絮，让人抓不住。

女孩刚走一会儿，我就接到楚宏的电话：“你在哪里？”

“我在……你在哪儿？”

“我在你宿舍楼下。”

楚宏站在梧桐树下，手里拿着一个纸盒，说：“修好了。”

“这么快？”

“嗯。”

我接过盒子，打开包装，拿出我最心爱的随身听。我试了一下音质，果然不错。

“谢啦！掉进水里也能修好。”

“那家店的师傅可厉害了。”

“我们在校园里逛逛吧。我带你去一个地方，那边基本没人。”

他跟着我来到学校的毓秀路，那里靠近学校的围墙，平时基本没人。那条路两边种了许多枇杷树，几个果农正在忙着摘枇杷。

我听着随身听，里面好听的抒情音乐让我的心情也好了起来。我从小就爱音乐，母亲说我在不会说话的时候，就咿咿呀呀地唱歌，像一个小哑巴。

我对楚宏说：“我们要毕业了。”楚宏给我整理了一下被风吹歪的衣领，继续听我说下去。

“我听到有很多情侣因为毕业分手了。”我向前走了几步，背对着他，又转身问道，“你可以放弃你现在的一切，去我的城市吗？”

“你说呢？”

“我要你回答我。”

“我本来就是这样准备的，等你毕业了，就离开这里，这样你就不用害怕我母亲了。”说到他母亲时，他笑了一下，仿佛笑我对他母亲一贯的畏惧感。

“你真好。”我和他并排而行，“不过，我不会离开这儿。因为你，我爱上了这个城市，这里有许多美好的东西，我们的爱情就是从这里开始的。”

“反正，我不能离开你，其他的一切都随你。”

我们走到学校的东门，天色也晚了，楚宏和我在学校里吃了晚饭，一起回到了奶茶店。两个人面对面坐着，楚宏看着我笑，我问他：“你笑什么？”

他在我眼下画了一个月牙：“看你的黑眼圈，昨晚没睡好吗？”

“有点儿。昨晚楼上的宿舍狂欢了一夜，折腾得我睡了又醒，醒了又睡，没休息好。”

“快毕业了，大家都很激动。”

正说着，楚宏的手机响了，是姜茹打来的，两个人说了不到一分钟。楚宏突然眉头紧锁。

挂了电话后，我问：“怎么了？发生什么事了吗？”

“外公病危，正在医院抢救，母亲让我立刻回家送她去医院。”他一边拿起桌上的钥匙，一边说着，“这两天我可能都回不来，你不要来奶茶店了。”

“那你开车小心点儿，不要太着急，我等会儿打车回去。”

我在店里待了一会儿，把店门锁好，准备回去。外面起了雾，我打了车，司机开得很慢。我开始担心楚宏，想打电话给他，又害怕他正在开车，接电话会分心。我惴惴不安地回到了宿舍，韦鸿光不在，我打开随身听，希望音乐能让我放松下来。

直到晚上十点半，楚宏打来电话，说：“我已经到医院了。”

“那就好。”我终于松了一口气。

“路上起雾了，是不是很担心我？”他故意这么说，似乎察觉到我的担心，轻描淡写中夹杂着嬉笑的语气。

“好了，外公怎么样了？”

“还在观察中，到明天早晨才知道结果。你早点儿睡，明天不要去奶茶店了，如果外面的雾太大，也不要出门了。”

“我没事，你开车一定要小心，我看了天气预报，这几天都有雾。”

那天楚宏走得急，我也没来得及问清楚，楚宏外公家在哪里，住在什么医院。原想在电话里问，谁知电话一通，又把想问的东西忘得一干二净。

不见楚宏,总想给他打电话,可是那几天我只能忍住,害怕当我的电话拨过去时,他正在开车。我躲在图书馆里查资料,为毕业论文做准备。外面的雾丝毫没有退去……我借了几本书回宿舍,中途在超市买面包,遇到了袁文深老师。他低着头,弯腰在货架上寻找着什么。

我问道:“袁老师,您在找什么?”

“哦!”他刚刚找得很专注,被我的声音吓了一跳,脸上的神情呆滞了一会儿。

“我在找红枣、桂圆。孝怡一直有贫血的毛病,最近几天严重了,精神状态特别差。”他说。

“红枣?应该在前排的货架上。”

他买了东西,付了钱,我问道:“那您现在回家吗?”

“我要去知心小屋接孝怡,她老是头晕,我有点儿不放心她一个人回家。”

“那我和您一起去看看她吧,我也好久没见她了。”

我们上了车,一路上袁文深老师开得很慢。交警的身影在迷雾中若隐若现,另一条街道上传来救护车的声音。我没和袁老师说话,好让他专心开车。

我们下了车,那个写着“知心小屋”的牌子已经看不清楚了。门外有一辆自行车,很眼熟。门是开着的,当我们走进去时,卫立诚正在和袁孝怡聊天,两人聊得很开心,彼此的脸上都带着笑容。我瞥了一眼袁孝怡身旁的桌子,上面放着两袋红枣、一袋阿胶,以及一些新鲜的龙眼。卫立诚见到袁老师,忙收了笑脸说:“袁老师好。”我心里一乐,他怎么像个学生。

“你好！坐，别站起来了。”袁老师把手里的东西放在脚边的椅子上。我朝卫立诚说：“卫老师好。”他也笑着让我坐下。

我们四个人坐在一起，却没什么话了。我看着袁孝怡，她的脸色并没有特别难看，有点儿蜡黄，精气神却不错。刚刚在门外，听到她的声音，也是充满高兴与满足的。

那种沉默不知过了多久，反正挺长的。我看着他们，袁老师似乎在思考着什么，卫立诚有点儿畏畏缩缩的，而袁孝怡一会儿看看窗外，一会儿又看看她最挚爱的两个人。这画面融合成了一部无声电影。

“头还晕吗？”袁老师朝袁孝怡问道。

“好多了。”她低着头，看着垃圾桶里剥的龙眼皮。

“你们两个先坐着，我出去一会儿，等会儿再来接你。”袁老师对袁孝怡说，又把目光转向卫立诚，对他点点头，便朝门外走去，我也跟了出去。

外面潮湿的空气，让人觉得很不舒服。我和袁老师在知心小屋的周围散步。他将双手背在身后，走了好一会儿。他突然说：“你看到桌子上的东西了吗？”

“看到了，应该是卫老师买的吧。”

“是啊，他比我这个父亲还用心。”

我想起之前袁孝怡对我说过，她的父亲并不太赞同她和卫立诚在一起。今天，袁老师独自走出来，无非是想给他们两个人独处的空间。他刚才又说到卫立诚的用心，看来这件事情还有转机，袁老师的态度也开始有了变化。

“卫老师对孝怡姐很好。”

“我是不是做得很不对？”他转向我说，“我一度认为他给不了孝怡幸福,他什么都没有,等到他成功了,孝怡的青春都不在了。”

“但是您现在不这么认为了,是吗?”

“我看到孝怡那么开心,看到他比我还关心她,我开始怀疑自己是否错了。”他说得很沉重,对这样问题的思考,他自然不带一点儿松懈。

“何不放手给他们自由呢?人生的路,总要自己走。”

我们在知心小屋的那条路上来回走了四圈。正走着,卫立诚突然出来了,他笑着和我们说了再见,然后跨上自行车,消失在了浓雾中。那一刻,我仿佛看到浓雾正在一点点地退去。袁文深老师把我送回了学校,在回宿舍的路上,我渐渐发现,整个世界都明亮了。

楚宏是在第二天下午回来的,他打电话让我去奶茶店。当我看见他时,他简直像一个小乞丐。头发乱成了一团,脸上的细纹像网丝一样,上身的外套压出了褶皱,像一个使用太久的床单。走近时,还能闻到他身上的药液味,混着汗味,非常难闻。我不禁笑了笑:“你怎么变得那么脏?”

“在医院里,没法儿洗脸、刷牙,更没法儿换衣服。几个亲戚都在,晚上在走廊的靠椅上,迷迷糊糊睡了一晚。”

“你怎么不给我打电话?外公的情况怎么样了?”我问道。

“我忘带充电器了。外公已经没事了。”他轻松地躺在椅子上,随着椅子的晃动,他带着稳稳的鼾声睡着了。他太累了,睡得很沉。偶尔来几个买奶茶的顾客,也没有惊醒他。到了晚上,我在厨房煮了馄饨,他疲惫地说:“我不吃,等会儿回家洗一下澡再吃。”

“回家好好睡一觉,看你累的。”

“我知道你担心我，所以来让你看看，没想到还被你笑成乞丐。”他委屈地说。

“好，对不起。”我舀了一勺馄饨，塞进他嘴里。

他看着我，柔情地说：“在医院里外婆哭得很伤心。在她的心中，虽然子女很多，外公却是唯一能陪她一生的人。她很害怕，害怕外公挺不过来，嘴里还不停地说着‘以后都一个人过了’。真叫人伤心！”

“还好外公脱离了危险，外婆可以放心了。”

“嗯，这下都好了。”

最后的四个月过得真快。大家越是不舍，时间仿佛走得越急，毕业也离我们越来越近。

我刚刚完成论文答辩，从教室出来，在种着一排柳树的水泥路上，我看到了袁孝怡和卫立诚，他们肩并肩走着。对于他们来说，在六月的阳光里，一切都格外美好。风中的柳条交织缠绕，好像他们的爱情，注定了不会分离。

“我们毕业了。”在路上，每个相遇的熟人，总不忘对对方说这样一句话。然而，大家心中的那份毕业的喜悦，还透着无限的留恋与感伤。

毕业，意味着人生又一次的改变，这次改变是彻头彻尾的，而这次改变后的生活，将面临太多的挑战。被哺乳了二十多年的我们，突然间断乳，让我们都惶恐起来，谁也不能保证这一切会变得更好。

所以，当毕业典礼结束后，我们仿佛成了在黑暗中行走的孩子，看不清前方的道路，不知何时才能达到一个目的地，才能有一个温暖的场所，供我们过活。

许多人脸上呈现出对这个社会迎合的神情。我们失去了青春，很多美好的词我们将不再拥有。曾经，我们为了自由而走进大学，四年之后，却又将自由丢掉，负担起难以承担的责任。

校园是河岸，社会就是一条河，我们都像溺水者，河水太深，我们感到难以呼吸。

那天，我们班五十二名学生，在班长的带领下，在青湖边烧烤。晚上，女生在宿舍里朝我们喊道："大家来唱歌。"男生这边哗的一声，都从宿舍里伸出头来。

一个女生唱道："后来，我总算学会了如何去爱。"男生接着唱："可惜你，早已远去，消失在人海……"一曲唱完，我们楼下的一个男生唱道："朋友一生一起走，那些日子不再有……"瞬间那个男生宿舍合唱起来。我能想象到，他们一定相互勾着肩搭着背，笑看着对方。渐渐地，歌声中带着哭泣声，不和谐却又动人地演绎着分别在即的友谊。

周华健的《朋友》唱完了，我看见班长拿着一个小喇叭，对着男生宿舍喊："你们有谁会唱《当爱已成往事》，和女生来个情歌对唱！"

只听一个男生说"我会"，接着便开始唱了。我们都趴在窗户上，把那歌词一句句记在心里："因为我仍有梦，依然将你放在我心中，总是容易被往事打动，总是为了你心痛……"

这一首刚结束，一个男生就喊道："你们怎么都唱那么悲伤的歌？咱们来一首摇滚的——崔健的《一无所有》。"那男生唱道："为何你总笑个没够，为何我总要追求，难道在你面前，我永远是一无所有。"女生那边齐声附和着："噢……你何时跟我走，噢……

你何时跟我走……”那天的邀歌会一直持续到深夜一点多，许多人嗓子都唱哑了，却依然不肯停歇，带着嘶哑的声音，深情款款地唱着：“城里的月光把梦照亮，请温暖他心房。看透了人间聚散，能不能多点快乐片段……”最后，在歌声中，大家陆陆续续回到床上，带着感动、思念，踏实地钻进被窝。梦中，我们微笑着回忆四年里的一切，无论是欢乐还是痛苦，在这一瞬间，都显得万分珍贵。

韦鸿光没有睡，他和齐颜打过电话后便告诉我，他和齐颜将回南京工作，这样离彼此的家乡都近一点儿。在南京，他的爸爸已经为两个人安排好了工作。韦鸿光是不愿意当老师的，对于他来说，这是一个与孩子为伍的职业，他也是个孩子，所以不能误人子弟。

“那边的房子找好了吗？”我问他。

“嗯，找好了。

我坐在床边，对他说：“以后别和齐颜吵架，知道吗？”

“你呢，就和楚宏这么下去？”

我一惊，从没想过他会知道我和楚宏的关系：“你都知道了？”

“知道，他对你的好，谁都能看出来。”

“走一步是一步吧。”

“以后怎么办？你们的家人会同意你们在一起吗？”

“到时候再说。”

他抿着嘴唇，微微笑着说：“你们真般配，站在一起时，比任何一对情侣都好看。”

我突然感动得想哭，和他做了四年的朋友，尽管这四年来，我们都改变了最初的模样。只是基于第一印象,我一直把他当作一个长不大的孩子。直到如今,才发现他不仅仅是一个只会玩游戏的傻小子,也是一个能这般懂我、祝福我的好朋友。

“别说这些了,我们以后……很难经常聚到一起了。”我有些不舍。

“你可以来找我和齐颜,我们也可以来看你。”

“我们的友谊会地久天长的,对吗?”我们隔着空气,做着击掌的动作,没有一点儿声音,然而在我们心中已经把这份情谊化成了一个坚定的信念。

第二天早晨,十点钟,天热得很快,我站在学校的梧桐树下,和韦鸿光、齐颜告别。

齐颜抱了抱我,一句话也没说。过了好久,两个人忍不住朝对方笑了一下。我侧过脸不看她,却通过余光发现,她的眼眶红了,并拼尽所有力气不让眼泪流出来。

“走了,走了……我从来不哭的,又不是见不着了。”她用食指拭了一下眼角,甩了一下头发,又说,“天那么热,你快回去吧,我听韦鸿光说,你后天回家,是吧?”

“对,后天和陶玥一起回去。”

韦鸿光向前走了一步,指着齐颜笑着说:“你看她那样,在车里准哭。”

我笑了起来:“咱们齐颜很坚强,不会哭的。”两个人背着书包,拖着行李上车。透过车窗,齐颜望着我,随即趴到韦鸿光的肩膀上,身子一颤一颤的。我往宿舍走,一片落叶打在我头上,落下去的时候,它的速度好像快了一点儿,叶身带着一点儿湿润。

后来,我陆续听到一些关于韦鸿光与齐颜的消息。两人在一家广告公司上班,一起上班,一起下班。没有了那么多的争吵,偶尔一两句话声音高了,彼此也能给出一些宽容。忙碌的时候,他们累得连吵架的力气都没有了。

齐颜的性格呢,依然没有什么变化,依然很强势,韦鸿光有时压抑得很,想要反抗,却又被一日一日的温情打退。总之,日子是这样一天一天地过来了。

过了几天,我和陶玥一起回家,在家里住了一个多月。我对楚宏说:“如果有学校招聘老师,要记得通知我。”

我决定留在楚宏的城市,那儿有他熟悉的一切,我不愿意他面对陌生的环境,还要辛苦地去适应那一切。而我,只要能和他在一起,在哪里都觉得无所谓。

毕业后的日子,大家都忙着找工作。陶玥的工作已经确定了,在市中心的一所实验小学教学,离家很远。我对她说:“这太辛苦了,你每天六点就要起床。”

“没关系,小学老师的待遇很好。”找到了工作,她说话也轻快了,紧蹙的眉头也展开了。记得前些日子,我和她一起去吃饭,她愁云满面的。见了面,我说了很多话,她却一句也不搭理我,心里尽想着工作的事。

母亲做好了饭,请陶玥来我家做客。在餐桌上,母亲怕她拘谨,也不知说了多少遍“多吃点儿”。

晚上,陶玥回去后,我帮母亲收拾碗筷,她突然对我说:“陶玥已经找到工作了,她的母亲是时候该轻松一下,享点儿福了。”

“是啊。”

母亲将一叠洗干净的碟子放进橱柜中,问道:“你呢,工作什么时候能有个着落?”

“我不知道。”我撇撇嘴说。

我们回到客厅,母亲给我剥橙子,问道:“能告诉我为什么想留在那个城市吗?”

“你想知道吗?”

“嗯。”

“因为一个人。”

母亲将橙子递给我:“只要你们过得好就行。”

“对不起,我把您一个人丢在这里。”

“哎呀,没关系。”母亲用手挡住嘴巴,“我不爱吃橙子,别给我。”说完,她的身子转向另一侧,背对着我。她对我一定是不舍的,然而如果为她留在这里,她一定是不同意的,甚至会更加难受。母亲最伟大的地方就是成全,成全一个生命的成长,此刻成全我对爱情的追寻。

八月初的早晨,楚宏告诉我,那边有一个学校开始招聘老师了,我需要在后天下午去参加笔试。下午,我去医院看望了何成轩刚出生的孩子,是个女孩。初见她时,满身的腥味,闭着眼睛,红红的脸上还能看到血丝。第二天清晨,天蒙蒙亮,我在客车站坐上车。刚开始天气还很好,阳光明媚的,渐渐地天色越来越黑,一场突如其来的暴雨袭击了整座城市。这场雨使毫无心理准备的我们狼狈不堪,失意极了。

十五　难成的爱情

这是我第二次走进楚宏的家。刚才的雨下得司机看不清路，然而到了这边已是晴空万里了。

那栋咖啡色的三层别墅，就是楚宏的家。明晃晃的阳光，使我这一次看清楚了这里的一切。房子真大，朱红色的门，门前摆着一排好看的帆布绣花拖鞋。穿过门前的走道，便可以看见一个很大的客厅，客厅的中间是一个透明的玻璃茶几，茶几上放着好看的紫砂茶壶和几个小巧精致的茶杯。茶几的右侧挂着一个电视，在电视的斜上方，挂着一幅梅花图。一套沙发围在客厅的两面，在沙发的旁边，一盆君子兰伴着窗外的几缕风，晃动着身子。客厅前的窗帘是那种淡灰色的布，缀着白色的蕾丝边，随风飘荡着，像一个受命运摆弄的孩子。

一个五十多岁的男人正从楼梯上下来，那个人应该就是楚宏嘴里的陈叔了。之前听楚宏说过，他年轻的时候就办了一个印刷公司，如今的事业做得很大。他看见我，脚步加快了许多，伸出手来与我握手。由于我不太习惯这一问好方式，因而感到肢体都是僵硬的，加上陌生的环境，让我很紧张。

我打量了一下他，他穿着一件立领的蓝色短袖，没有一丝白发,只是眼角与脸颊两边的皱纹透露了他的年纪。

“你好,很高兴见到你！楚宏经常在我们面前提到你。”他笑着说。

“你好。”我红着脸,不知道该说什么。

姜茹从厨房出来,她围着一件黑色的围裙,扎着一个高高的发髻,多余的几根头发,被发卡别到了一边。她正用一块抹布擦手,笑着说:“我准备了客房,先把行李放上去吧,很快就可以吃饭了。”

厨房里依然传出翻炒的声音,一个背影忙个不停。后来,我知道那是专门给楚宏家做饭的阿姨,年纪比姜茹还大几岁,大家都称呼她为“冯嫂”。

“你妈妈今天亲自下厨,只有你有这个福气哦!”陈叔笑着对楚宏说。

楚宏拿着我的包,说道:“不需要客房,他和我睡,别麻烦了!客房一直没人住,一股霉味。”

“哪有霉味？尽胡说!”姜茹朝楚宏翻了个白眼。

午饭的时候,姜茹从餐桌边的纸箱里拿出一瓶葡萄酒,笑着说:“这是我从香港买回来的,今天大家一起尝尝。”

“他不喝酒。”楚宏指着我对姜茹说,“林学不会喝酒,给他一杯果汁吧。”

突然他站起身子:“算了,我自己去拿吧！他最爱喝橙汁,其他口味的果汁也不喜欢。”

姜茹停住拔酒塞的动作,不知道自己的儿子在自言自语些什么。我拽了拽楚宏的衣角:“没关系,我可以喝一点儿。”

“真可以？喝了酒又不舒服了!”

姜茹把酒瓶倾斜着,红色的酒倒进了透明的高脚杯中,十分诱人。

陈叔依然满脸的笑容:“欢迎来做客! 把这儿当作自己家,别客气!”

我端起酒杯,大家相互碰杯之后,我看着楚宏喝了一大口,腮帮左右鼓动着,好像在品尝它。我只轻轻抿了一口,不敢多喝。

第一次在他家吃饭,我难免拘束,害怕给姜茹和陈叔留下不好的印象,因而就像林黛玉进贾府一样,处处小心、留意。满满的一桌菜,我只拣我面前的几样吃了一点儿。

楚宏伸长手臂,给我夹了放在姜茹面前的鱼:“知道你爱吃鱼,特意让我妈做的。”

姜茹笑着放下手里的筷子:“我都忘了。”说完忙把盛鱼的盘子放到我面前。

楚宏放低声音,在我耳边问:“怎么不吃啊? 不喜欢吗?”我轻轻拍了一下他的大腿,让他少说话。吃过午饭,陈叔坐在沙发上和我聊天,问我多大了,家在哪里。他语气亲切,态度慈祥。不一会儿,姜茹也坐了过来,问了我几句话,也都是家长里短的。楚宏坐在一旁,跷着腿,翻看着一本杂志,书页翻得很快,哗哗的,很刺耳,一副不耐烦的样子。

正好陈叔的手机响了,楚宏说:“我们上楼去吧!”

陈叔一边接电话,一边朝我挥挥手,姜茹也笑着点点头。到了楚宏的房间,我问道:“午饭的时候你怎么那么多话?”

“我说错什么了吗?”

“这倒没有,只是你说的话太多了。”

楚宏把我推倒在床上,骑在我身上问:“你生气了?”

"不生气!"

我用手挠他的胸口,他忍不住斜着身子笑。他笑得很大声,我连忙用手遮住他的嘴。

"在你母亲面前,不要表现得特别关心我。"

他很委屈地看着我,心里一定在想:"这也错了?"

"这是事先说好的,你要按我的话做。"

"好,好,都答应你。"

我示意着要起来,他从我身上下来,站到床边。我整理了一下衣服,把床单铺平:"我要看会儿书,明天就要考试了。"

楚宏对我打了个哈欠,把窗帘拉上,打开空调,再将书桌前的台灯拧亮:"你看吧,我先睡一会儿!"

我展开模拟试卷,一直看到下午五点,楚宏也一直睡着。看书看得倦了,我把目光转向楚宏,我从来没有这么长时间地去凝视他睡觉的样子。他侧着身子,一只手托住自己的脸,发出均匀的呼吸声。我看了一眼紧闭的房门,悄悄走到他跟前,凑上前,亲了一下他的脸颊。他激灵了一下,转过身子,平躺着用手将腰间的被子扯到胸口。应该是空调的温度太低,他感到冷了吧。

屋内的光线暗了许多,我拉开窗帘,太阳已经落到了西边。蔚蓝的天空也跟着红了起来。到最后,红色的范围不再扩大,颜色却不断加深,美得让人沉醉。我痴痴地想,不知世间能有谁可以将这景色复制,不让它消逝。

楚宏醒了,对着我问:"看什么呢?"

"晚霞。"

他掀开被子,下了床,站到我身边,朝着远方问:"是不是很美?"

"是啊,只是夜晚很快就要来临,再美的颜色都将被黑夜吞没。"

楚宏用手背蹭了一下我的下巴,笑着说:"你啊,就是喜欢多想。"

我回到书桌旁的椅子上,又把试卷拿了起来,一道题一道题地背着。楼下姜茹喊我们吃饭。我们到了楼下,冯嫂正在端菜。楚宏问:"陈叔呢?"

"今晚约了朋友谈事情,不在家吃。"

吃晚饭的人只有三个,冯嫂似乎从不在餐桌上吃饭,从中午到晚上,她做好了饭,就直接出了门。楚宏对我说:"冯嫂家就在附近,因为下岗了,没有工作,才被人介绍到我们家做饭。她做的菜很好吃,也爱干净,只是太过客气,每次留她吃饭,她总是拒绝。"

吃了饭,我们陪姜茹聊了一会儿天,又看了两集热播的电视剧,才到楼上洗澡。我脱了衣服走进卫生间,楚宏也脱了衣服跟了进来。

我穿好衣服,用毛巾揉搓着头发,隔着玻璃门问还在洗澡的他:"哪里有吹风机?"

他关掉淋浴头,说:"你等我一下。"他从卫生间出来,把身子擦干,换上一套淡灰色的睡衣。他拉开书桌中间的柜子,把我按在椅子上:"你坐好,我来给你吹头发。"

我笑着说:"你知道吗,有一次我没有来得及把头发吹干而感冒了。医生对我说,感冒的原因就是湿着头发睡觉。后来我就想,以后一定要找一个愿意为我吹头发的爱人。"

楚宏笑着将手指穿入我的头发,热热的风在发丝间来来回回。楚宏问道:“你用的不是我的洗发水。”

“是我自己带来的。”

“很好闻!”他停下吹风机,靠近我的头发。

“我喜欢这样的味道!”

“难怪你一直都用它,好像从没换过。”

“喜欢了就不想改变,否则重新适应多麻烦啊!”

在吹风机呼啦啦的声音中,响起了敲门声。楚宏打开门,原来是姜茹,她端着一盘切好的苹果,笑着问:“在吹头发?”她将果盘放在桌子上,看了一眼楚宏手里的吹风机,又见我半干的头发,神情有点儿恍惚。出门的时候,门关得很慢,似乎想多看些什么。门被关上后,我问楚宏:“你母亲是不是发现了你在给我吹头发?”

“即使发现也没事,我怎么就不能帮你吹头发呢?”

我夺过他手里的吹风机,心情和姜茹一样恍惚。我恨自己,和楚宏在一起的时候,总是忘乎所以,没有分寸。在来他家之前,我给自己立下了许多规矩,也给楚宏说了我们相处的模式,目的就是为了避免姜茹起疑心。可是当我和楚宏待在一起时,那些亲密的动作总是不自觉地表露出来,就像呼吸一样自然。原来真是这样:爱一个人,骗不了自己,也骗不了别人。

第二天下午,我去学校考试,从下午三点考到五点,楚宏在车里等我。结束后,我们在学校附近的一家饭馆吃了热干面。小餐馆不大,环境倒还卫生。一共有两排桌子,每排五张。收银台旁挂着一台电视机,播放的是一个选秀节目。一个二十多岁穿着卡其色衬衫的男人,深情地唱了一首张信哲的《爱如潮水》。评委说:“情感丰富,声音不佳,勉强晋级到下一轮。”谁知那个男人说:

"我知道我唱得不好，我到这儿来不是为了晋级，而是想通过这个节目，对我心爱的人说一句'我爱你'，希望她能做我的女朋友。"

我边吃边笑，楚宏问："你笑什么？"

"我笑这个男人，觉得他很棒，为了爱而奋斗，无论结果怎么样，都不重要……"我将面条绕了一圈，缠在筷子上，"这么勇敢的男人，多么可爱，多么值得被爱！"

我们吃完面，赖在店里没走，一直坐到太阳落山，选秀节目播完了，才从店里出来。楚宏在车里问道："考得怎么样？"

"不清楚呢！"

"担心吗？"

"有点儿。"

他拍了拍我："考不好也没关系，你还有我嘛。"

他发动车子，往家走。路上堵得厉害，到家时天边只剩下淡淡的红光了。楚宏把我手里的文件袋扔在后座上，笑着说："咱们去我家旁边的公园散散步。"

公园在他家对面，走进去时，徐徐凉风吹来，让人觉得很惬意。公园的桥上挂着一串串不同色彩的灯，在黑夜中闪闪发光。因为看不见桥身，就感觉它像是悬在空中的一道彩虹。公园中央有一座高塔，许多人攀上塔顶，俯瞰城中的夜景。我们一直走到公园的东边，水泥路没了，再往前只剩下一条用石块铺成的路。一对情侣笑着走过，停在路边抱在一起亲吻，旁若无人。楚宏突然握住我的手，我向后缩，他用足了力气，一把握住我说："我最想要的就是能和你牵着手散步，跟别人一样，这比什么都让我感到满足。"

我看到那张模糊的脸，印着深深的柔情，心里想就这样牵下去吧,我又何尝不想这样。我低着头,躲过长长的树枝条,和他一起往树林中走。石块发着亮光,在黑暗中也能清晰地为我们引路。我伸直了腰,吸了一口气,嗅到一缕清雅的香,香中带着水雾,又有点儿药味,一时间竟不知道是什么花,便对楚宏说:“这是什么味道?”

楚宏指着东北方向,说道:“那里有一个荷塘,现在正是荷花开放的时候,你闻到的应该是荷香。”

“那应该很漂亮吧?”我立刻想到了幼儿时学的《采莲曲》,脑海中浮现出荷塘的美景。

“你想去玩吗?”

“想啊!”

“等到双休日,我们约上左一文,一起去采莲花、剥莲子。”

我留恋地朝荷塘的方向望去,抬头看到弯弯的上弦月,黄色的月光印出薄薄的云朵。几颗星星躲躲藏藏,像在和人捉迷藏。

楚宏打开大门,姜茹正坐在沙发上看报纸,见我们回来,便把报纸放在一边,问道:“晚饭吃了吗?”

“吃了。”楚宏边脱鞋子边回答她。

“是不是在外面玩了?”她看了一眼墙上的时钟,笑着看着我。

“楚宏带我到对面的公园逛了逛。”

姜茹笑着弯了一下腰:“你们年轻人,感情就是好。”

“您说什么?”

“我说,还是年轻的时候好,玩的花样多,天天待在一起也不会觉得腻。”

我和楚宏对视了一下,两人似乎都在猜她的话的意思,不知道她接下来还要说什么,心里都明白这样的聊天要及时终止。楚宏踢了踢腿："路走多了，腿好酸。妈，我和林学先回房间了。"

我们匆匆上了楼，当门被关上的一刹那，悬着的心才放了下来。

我跪在床边，找洗澡的拖鞋。楚宏哗的一声从床底拉出一个箱子，箱子有点儿旧，银白的油漆身斑斑驳驳的，油漆脱落了许多，露出许多黑点，几条长长的划痕更加证明了它年代的久远。

"给你看一样东西。"楚宏边说边从床边的抽屉里拿出一个小小的金黄色的钥匙，然后把箱子打开。

里面都是小孩子的玩具：一罐玻璃珠，在灯光下发着晶莹的光；十多个用美术纸叠成的纸牌；一把木雕手枪，枪柄上还刻着楚宏的名字。

我握着手枪，做出射击的动作，楚宏对我笑了笑，从箱子的内侧拿出一个相册，从相册的封面看，它的年代应该比箱子更久。我坐到楚宏身边，他翻开相册的第一张，是一个穿着棉袄的小男孩，他笑着说："我一岁的时候。"

一岁的他，脸颊肥嘟嘟的，带着呆呆的笑容，可爱极了。

他继续向后翻，照片上也是他，大概七八岁的样子，短短的头发，胸前戴着红领巾，做出一副立正敬礼的姿态。通过这一张张照片，我仿佛看到了他成长的过程，心中突然有了一种满足感。但又想到他后来的生活，心里竟然生出了一点点怜悯。我们继续看着，一直到相册的最后一页，最后一张照片上是一个不到三十岁的男人，穿着二十世纪八十年代的夹克衫，中分头，他与现在的楚宏有点儿像，初看时我吃了一惊。

"这是我父亲。"他指着这个男人说，"我读小学时，从母亲那里偷了这张照片。因为那个时候我发现母亲常常对着它莫名地发呆，看着看着就流下眼泪。为了不让她伤心，我把这张照片藏到了自己的书包里。母亲在照片丢失的那个晚上号啕大哭，她对我说，那是父亲留下来的唯一一张照片。后来，我也会经常拿出来看，一遍又一遍地想，他到底是怎样一个男人……”

“你很想他，对吗？”

“我想知道他过得怎么样，一想到他，我的心情就会变得很复杂。到如今，快三十年了，他是活着还是死了，还是在别处有了新的家庭？想见他一面，问问他离开的理由是什么。无论理由是什么，我都会原谅，这样我就不需要在爱他与恨他之间煎熬了。”

楚宏的声音很低，那是一种无法言说的感伤。他把相册重新放回箱子里，又给箱子加上锁。夜里我搂着他，他的嘴唇贴在我的胸口，好像一个伤心了很久的孩子，需要一份爱的包容。整个房间充满了思念的苦涩，有些人与事，无论过了多久，都没法儿忘记。它们就像天空里的尘埃，时刻弥漫着，飘浮在我们身边，提醒我们，岁月留下了什么，夺去了什么。

从过年开始，奶茶店的生意渐渐惨淡下去。周围类似的奶茶店，似乎在一夜之间开了三四家。竞争越来越大，顾客总是乐于品尝新鲜的事物。我和楚宏虽然想了一些办法，希望能改善不利的竞争局面，但是效果都不太好。

在一系列的措施都失败后，楚宏决定把奶茶店关了。那天下午，我们去找这间店面的房东，把租金结算一下。房东是个十分善良的老奶奶，戴着一个老花眼镜，一头蓬松的银发，大概六十岁。见我们半年多以来生意惨淡，就少收了一个月的房租，我们多说了几声谢谢。她问道:“以后怎么办?生活问题怎么解决呢?”

“我大学时读的是金融学,准备重拾过去的课本,去公司上班。”楚宏回答她。

“年轻人生活不容易!不过,年轻的时候时间多,一切都可以慢慢来。”

她迈着缓慢的步伐,走进店里,指着墙上的画问道:“可以把这幅拾麦穗的画送给我吗?”

那是米勒的《拾穗者》。楚宏拿来一张椅子,把它从墙上取了下来,我用纸巾擦了擦上面薄薄的灰尘。

她把画捧在手里,笑着说:“真好看!”她抬头看着我们,说:“我们小的时候也拾穗,就像画中的人一样,拾到的麦穗上交给大人,可以换白糖、小果子……这些你们大概都没听过。唉,真想回到小时候,过过田园生活。可惜人老了,动不了了,也没人能陪你一起回去。生活总是没办法随心所欲,只能在心里想想了。”

她把画放进一个布袋中,带回了家。楚宏在厨房的柜子里翻出了那幅绣着他画像的十字绣。

我笑着问:“是许琳绣给你的吧?”

“是啊,不知道她过得怎么样了。她去了美国后,连我们这些老朋友都不联系了。”

“你想她了?”

“你吃醋了?”

“怎么会!我说着玩的。”我把十字绣拿过来,放进我的背包里,又说,“人家一片心意,总不能扔在这里吧!”

回去的时候,楚宏转身看了一眼店前的牌子,不禁叹了一口气:“我多想把奶茶店开下去。”

“我知道。”

“如果没有这家店,你就不会来买奶茶,你也不会来我这儿做兼职,我们也就不会相识了。”楚宏在车里抱着我,“也是因为你,我对这个店更多了一份感情。为什么我想要的生活没办法实现呢?”

我将脸贴在他的肩膀上:“没听老奶奶说吗,年轻的好处就是时间多,我们慢慢等,等以后有机会了,东山再起!”

楚宏似乎得到了一些宽慰,不过那天他始终没有高兴起来。他想开奶茶店,希望在开店中获得自由,不愿受太多的约束。

然而也正如我们常说的,梦想与现实,哪能那么容易合而为一呢?

星期天下午,楚宏、左一文和我三个人去了荷塘。天很热,太阳烤得水面变了色。在荷塘边上,有几条旧旧的小木船。船公问:“需要我帮你们划船吗?”

“不用了,我们自己可以划。”楚宏说。

“每条船是三十块钱一下午。采了的莲蓬论斤称,十五元一斤。这边的水域河水很深,你们要注意安全。”

听完了船公的话,左一文两手钩起纤绳,往前拉船,等船靠岸后,他猛地跳到了船头上,船摇摇晃晃了好一会儿才稳住重心。楚宏轻轻跨上船,站在船头,伸手来接我,我小心翼翼地上了船。楚宏站在船身中央,半弯着腰,摇着两边的船桨。

船身缓缓向前,水面被划开一条清晰的纹路。河水很清,每一片荷叶下都有几条小鱼,它们躲躲藏藏,仿佛是我们打搅了它们安宁的生活。根茎泡在水里太久,变成了黄绿色。荷花总是隐蔽在荷叶中,我们也只能闻着香味去找寻了。

我用手接了一捧水,洒在荷叶上,水瞬间散开成许多水珠,一颗颗透明饱满,就像小水晶球一样。它们旋转着汇聚到荷叶中心,聚集成一个大水珠。荷叶似乎承受不住,摇摇晃晃地倒向一边,原本的大水珠也变成一道水柱,流入河中。

在一片高大的荷叶底下,一个荷苞端庄矜持地生长着,它那样孤芳自赏,连太阳也不肯接见,似乎对一切都感到不屑。

我伸手去摘,然而当我握住底下的茎时,它微微动了一下脑袋。我松开手,心里感到一阵不舍。这么美好的东西,如果被我摘了,是不是有些暴殄天物?

楚宏在船头对我说:"林学,你不愿意摘荷花,就多摘些莲蓬,回去可以熬粥。"

我笑着说:"你再往前面去,那里的莲蓬多。"

船继续向前走,荷叶越来越密,我和左一文两个人合作,采了不少莲蓬。我剥了一个莲子,放进嘴里,莲心很苦,却也有几许甘甜。我站起身子,朝远处看,不知道是不是因为荷叶太高,还是荷塘太大,我竟然看不到边。浓浓的荷叶,一片接着一片,带着些许粉红,一直连到了天边,颇有柳永写的"三秋桂子,十里荷花"的美丽与壮观。

我对楚宏说:"咱们回去吧,荷塘太大,不知道什么时候才能到头。"

楚宏掉转船头,左一文顽皮的性子又上来了,他犹如身怀绝技的高手一样,踮着脚,在大概只有五厘米宽的船舷上,张开双臂,模仿起走钢丝来。

他为自己的这项技能感到骄傲，喊着我们朝他看。当时我正蹲在船头上剥莲子，只见他脚底一滑，整个人扑通一声栽到水中。我心头一颤，却又见他迅速地抓住了船舷，船身立刻朝他倾斜，船头的我，身子猛地一晃，哗的一声也掉入水中。

当时，船已经离开了荷叶区，那里只剩下光滑的水面。我的身子渐渐向下沉，楚宏丢下船桨，扑向我落水的地方。

等我醒来的时候，看见的是一面白色的墙，床边的桌子上放着一束新鲜的康乃馨。楚宏坐在我身边，怔怔地看着我，见我睁开眼睛，他一把将我拉进怀里，呜呜地哭了起来。他把我抱得很紧，好像我会被什么夺走似的。

此时，外面已经黑了，医院处处都有浓浓的药液味。我摸了摸他身上的衣服，依旧是那件划船时穿的灰色背心，此时已经干了。他松开我，我把纸巾递给他，说他是爱哭鬼。他盯着我的脸，边笑边擦着眼泪。

“还有哪里不舒服？”他将纸巾揉成团，扔进垃圾桶。

“没有。”我掀开身上的被子说，“你呢，有事没？”

“我没事，左一文把我救了上来，却找不到你在哪里，简直吓死人了。”

我记得那冰冷入骨、难以呼吸的恐惧，想想仍心有余悸。

“后来，他把你从水里拉上来，我按出你胃里的水，可你仍没有醒来，我就打了急救电话，把你送到了医院。”

“今天幸好有他，不然我们两个可都完了。”我庆幸道。

“哪里是！若不是他，你怎么会掉进水里？改天我找他好好算算这笔账。”

我们正说着，外面响起了急促的脚步声，是姜茹。她拎着一个保温饭盒和一包衣服，脸色阴冷得发白。

她把饭盒放在床前的柜子旁，把一包衣服交给楚宏："去卫生间把衣服换了。瞧你，一身的汗味，都要馊了。"

楚宏走进卫生间，她坐到刚刚楚宏坐的椅子上："想吃东西吗？楚宏说，医生说你很快就会醒来，怕你醒了肚子饿，让我给你做点儿吃的。"

我没有接话，笑了笑，也没有看她。她继续说："你们两个吓死我了！楚宏不会游泳，他自己还跳进水里，最后也耽误了左一文救你。"她的语气包含着关心，也带着埋怨。

楚宏走过来说："等明天医生给你做个全身检查，说没事了，才可以出院，不然我不放心。"

我双腿盘坐："应该都好了。你等会儿就给医生说，我想尽快回去，不想在医院待着。"

楚宏帮我打开饭盒，姜茹笑着起身："我先回去了，家里还有事儿。"

他将白粥倒进碗里，又撕开一袋咸菜，粥熬得很好看，颗颗大米好像开了花，沉浸在厚厚的米浆中。楚宏用勺子舀了一勺，用嘴巴吹了吹，递到我嘴边："来，我喂你。"

"我自己吃，又不是没有手。"

我伸手去接碗，一不小心看到病房门上的一小块玻璃窗户，姜茹正站在那儿透过玻璃看我们。她推门进来，笑着说："我忘了带楚宏刚才换下来的衣服了，瞧我这记性，到楼下才想起来。"

她拿了放在床尾的袋子，离开了。我目送着她，心里想她刚刚是不是一直没有走，她那看我们的眼神，就像一个探险家好奇地探索着世界，一心想要发现更多东西。

我恨起自己，晚上在床上辗转反侧，搅得楚宏也睡不好。说好隐藏好我们之间的关系的，可是我们一次又一次地忘乎所以，最后却欲盖弥彰。

第二天楚宏找来医生，给我做了全面检查，医生说没什么问题，我才终于出了院。

自从这次落水事件后，我总是敏感地认为姜茹已经知道了我和楚宏的关系。我觉得前途更加渺茫与不安，心里只盼望着学校那边尽快通知我去面试，面试后把我录取，分配给我宿舍，我就可以搬过去，不用在这边生活在别人的监视之下。

陈叔基本都在外面应酬，很少回来吃饭。姜茹还是一如既往地对我微笑，给我做许多好吃的饭菜。只是当我和楚宏在一起时，她总会多看几眼，然后低着头沉默。

我不知道该怎么办，和楚宏说了我心里的担忧，他却又认为是我在多想。

一天中午，吃过午饭，姜茹对楚宏说："李阿姨忘记了电脑密码，需要重装系统，你去帮她一下。"

"现在吗？"楚宏窝在沙发里，看着电视中的足球比赛。

"嗯，刚刚她打电话给我，让你立刻去。"

楚宏走后，我走上楼，拿出书，静静地看着。外面热得让人窒息，我翻着书本，听到楼梯间的脚步声，那声音离我越来越近。我虽专注在书本上，却也明白那人是在朝我走来，我躲也躲不掉。姜茹的房间在楼下，她上来多半是来找我。她在外面敲门："在睡午觉吗？"

"没有。"我穿上拖鞋，给她开门。

她走进来，看了一眼房间，然后坐在我对面的一张灰沙发上。

“林学，你和楚宏是在谈恋爱吗？”她问得很认真，也很平静，好像不是在等着我给她回答，而是早就知道了答案。

“我……其实，我和他，不是……”她的神情、语气让我忐忑，我支支吾吾，连话也不会说了。

“这几天我一直在想这件事。”她没有让我继续说下去，而是接着说道，“为什么楚宏会愿意租房子，把你留在身边？为什么他总是拒绝相亲？因为他喜欢你，他记得你爱吃什么，爱喝什么，帮你吹头发……这一点一滴使我感到诧异，他怎么会对你如此用心？我不断琢磨，在心里也无数次地否定自己，希望这不是真的，他对你好，只是基于一份友谊而已。可是，我听左一文说，当你落水时，他也跳了下去。他不会游泳，他是知道的。然而，在生死面前，他选择救你。我不得不证实了，他对你不是友情，而是爱情……你们还要继续瞒着我吗？”

我闭上眼睛，深吸了一口气：“我们知道，您总有一天会知道的，只是希望这一天来得晚一点儿。”

她继续说：“楚宏的情况你一定很清楚，他从小就没有父亲，我一个人把他养大，我不希望他依然生活在一个不健全的家庭里。”

“可是……楚宏不会喜欢别人的，他需要和一个与他相爱的人生活在一起。”我必须在她面前争取一下。

“你知道吗，”她皱紧了眉头，难以理解地看着我，“如果你继续和他在一起，他会背负多大的负担与多少流言蜚语？你忍心吗？一个男人最终的归宿是家，是妻子和孩子。你难道希望他那么辛苦地活着？”她的每一句质问都好像在说，将来楚宏所面对的伤害,都是因为我的固执,不愿放手。

我湿了眼睛,声音有一点儿哽咽:“是要我离开他吗?”

她站起身来:“世间的爱情,因为短暂而长久,因为长久的陪伴而乏味。你知道我一生中最爱的男人是谁吗?”

“楚宏的父亲。”

“是的。因为他离开了我,所以我永远记住了他。如果你离开了,又能怎么样,他会永远想着你。”

她见我落下眼泪,接着说:“我明白爱一个人却不能和他在一起的滋味,那是何等的痛苦。可是我必须让你们痛苦一次,我希望你们不要再有任何瓜葛。这是一个母亲对你的哀求,我希望你能够原谅我做的一切。楚宏是我的儿子,我比任何人都爱他,到了我这个年纪,也更懂得他以后的路应该怎样走才最好。”

听完她的话,我突然觉得我与楚宏的这份爱情是卑微的。世人不会接受,深爱他的母亲也如此反对。就在那一刻,我怀疑了,我们的感情到底是对还是错,如果是对的,为什么他的母亲会反对?我们的相守,真的如他母亲所说的,会给楚宏带来巨大的负担吗?我乱了,一切都乱了。眼泪盖住了我的眼睛,我什么也看不见,未来消失了。

“以后你们不要再有任何联系,我知道我儿子的性格,如果你们不断绝联系,他会永远放不下你的。”这是她临走前给我说的最后一句话。

十六　再见

姜茹打开房门,她惊讶地叫了一声,原来楚宏就站在门口,谁也不知道他在那里站了多久,听了多少话。他回来的原因是李阿姨家没有人。母子俩站在那里,眼睛直直地看着对方。楚宏的眼睛有一点儿红,眼里透出愤怒和伤感的情绪。姜茹背对着我,那坚强的后背,曾背负过楚宏成长的艰辛。看到楚宏的眼睛,她立刻就应该明白,楚宏已经知道了刚才房间里的谈话,然而她没有一点儿畏惧。她就那样看着楚宏,她与楚宏一样,都坚信自己做的一切都是对的。

楚宏从姜茹身边走过,来到我身边,拉起我的手说:“跟我走。”

“去哪儿?”他拉着我就往门外走,我连鞋子都没来得及穿。

姜茹看着我们下楼,却一句话也没有说。她或许知道,此刻喊住楚宏是无济于事的。

楚宏把我塞进车里,我对他说:“别闹,我们下车,下车和你母亲好好谈谈。”

“你别说话,什么都别说。”

他把车开到酒店门口,订了一个房间,把我安顿好后说:“你先在这儿,哪儿也别去,我回家帮你拿衣服。”

他站在我身边,愣了好久才说:“我拿了衣服就来。”

他要走了,我突然上前把他抱住,也不知怎么了,心里害怕,现在的每一次分别都好像是不会再见了似的。我吻着他的脖子,他的发梢落在我的脸上。他问:“怎么了?”

“我怕……你母亲说的那些话都是对的,我会伤害你,给你造成巨大的负担。”

“别怕,她不懂,能和你在一起,我才会快乐。我先回去,你安心等我。”

楚宏走了,我坐在洁白的双人床上,洗了洗脚,穿上一次性拖鞋,然后一个人躺到床中间,弯曲着身子把自己抱住。空调的风太冷了,于是我把它关掉,然而我还是冷。房间里只有我一个人,楚宏不在,我好像逃不掉寒冷的侵袭。

手机响了,原来是通知我去面试的短信,上面详细写着面试的时间、地点,然而我却不能再在这个城市逗留了。曾经这是我的梦想,过着有爱的日子,和爱的人永永远远在一起。现在我终于明白了,爱的美好需要太多的成全,我和楚宏的爱,注定不会被成全,爱与婚姻一样,都不单单是两个人的事。这份爱牵连的人太多太多,我赌不起的。

我悄悄按下删除键,在短信消失的那一瞬间,我把脸埋进床单,忍不住地抽泣。床单湿了一大片,脸贴上去,冰冷冰冷的。眼泪仿佛成了一种同情,同情爱情的渺小,同情我的脆弱。我知道,我和楚宏的将来随着这条短信永远地消失了。

楚宏很晚才回来,他手里拎着一个箱子和我的书包,他把箱子放在门后,从书包里拿出我的洗漱用品。

我打开箱包,把衣服一件一件挂在酒店的衣橱中。除了我的衣服之外,还有楚宏的衣服。我问他:“你怎么把你的衣服也带来了?”

“我不准备回家了。”

他坐到床边,又说:“你饿了吧?咱们去吃饭。”

“我不饿,你回家的时候是不是和你母亲吵架了?”

“没有。”

“那怎么去了那么久?”

他起身拉着我说:“好了,不说这些。我饿了,再不出去,外面的店都关门了。”

我们在一家快餐店点了两个菜。楚宏埋头吃着,我好像数米粒一样用筷子粘着米粒,一颗一颗往嘴里送。我没有胃口,到最后也没吃多少。楚宏又去酒店旁的超市买了点儿零食。

“你回去吧。”在酒店里,我对楚宏说。

“我不想回去。”

“那你母亲会更加恨我的。”

他把衬衫扔进衣柜里:“如果我回去了,你一个人在这里,我不放心。”

“我没事的。”我轻轻松松地说着,手里打开一包薯片,就着矿泉水吃了起来。

“母亲会对我们妥协的,她放不下我,我是她的儿子。但是让我回去的条件就是接受你。”

他走进卫生间,开始洗澡。我灌了自己半瓶水,将薯片放回袋子里,自己根本吃不下去。

直到半夜,我们两个人都没有睡着。楚宏将手放在我的手上。

“你睡不着吗?”我问他。

“换了新环境,要适应一下。”他侧身将我的头放在他的脖子里,低声地说:“对不起,我母亲伤害你了。你不要在意她的话,她根本不懂我们。”他亲了亲我的额头,断断续续地说,“林学,我离不开你。所有的话你都不要听,也别去想。你永远都不要离开我,好吗?”

我推开他,躲进卫生间,在镜子前看着自己。不争气的眼泪,又不由自主流了下来。楚宏在外面敲门:“你在里面干吗?”

我把脸洗了洗,开门道:“怎么了?”

他疑惑地看了看我:“没事,看看你在里面干吗。快过来睡觉吧。”

他给我盖上被子,笑着说:“冷吗?温度要不要调高一点儿?”

“不冷。”

后半夜他睡着了,调皮的手臂搭在我的脖子上。我轻轻拿起他的手,在他的手背上亲了又亲。

在他去找工作的路上,他问我:“学校通知你去面试了吗?”

“没有,大概是没通过笔试吧。”

“没关系,还有我嘛。”

我苦笑着:“你的工作一点儿着落都没有,就准备养着我了?”

“你不相信我吗?”

“这倒没有,你是最棒的。”我们边说边走。

楚宏应聘的公司是左一文介绍的,可是我们去的那天,负责招聘的人力资源部部长并不在公司。一连去了三天他都不在,公司的人告诉我们他去出差了,一个星期后才能回来。

楚宏因找不到工作而心烦意乱,加上他母亲时不时打来电话,但只要他俩一通电话,说不到两句就挂了,像不久前要他去相亲一样,吵得不可开交。我听出了楚宏的痛,一方面来自我,一方面来自他的母亲。两个都是他最爱的人,然而现在却成了折磨他的人,因为他要做出一个选择。他的母亲是不是恨透了我?

人生的遗憾有很多,往往都是因为两者不可兼得而导致的。不可兼得的原因有许多,亲情与爱情两者本不应该产生矛盾,这一次却发生了激烈的冲突。

就在楚宏准备去面试的那天清晨,姜茹打来了电话。这一次通话,他们没有吵架。楚宏一直紧锁的眉头舒展开了,脸上还带着笑意。在通话的最后,他一连说了好几个“好的”,最后还加了一句“谢谢你,妈”。

楚宏欢快地将手机扔到床上,抱起正在穿衣服的我,兴奋不已地说:“你知道吗,我妈同意我们在一起了!她同意了,她同意了!她让我们收拾衣服赶快回家!”他说得很大声,好像要把这个好消息告诉全世界。

“你先把我放下来。”

他挠挠头,不好意思地笑了笑:“我太高兴了。”说着拉开衣柜,打开拖箱,说:“今天不去面试了,先回家。我妈做了一桌子菜,等我们回去吃呢。”

他又匆匆将衣服一件一件扔进箱子,连叠都没叠。我看他好久没有这么开心了,不想破坏他的心情,也没有说他。他收拾衣服,我走进卫生间,用塑料袋裹好湿湿的洗发水、沐浴露等日用品。

他背着我的书包，手拎着箱子来到前台，退了房。在车里，他一直哼着小调，还时不时地对我说："我就知道这一招肯定管用！我不回去，我妈肯定舍不得，到最后，只能答应我们在一起。"

然而，想起姜茹那天和我说话的神情，我想她一定不是一个容易妥协的女人。楚宏很开心，而我的心里却一直感到不安。我说不出原因，但是那颗不安的心不断地跳动，使我对未来感到迷茫，不知道接下来会发生怎样的事情。

那天的路特别通畅，好像是为了迎合楚宏的好心情。一到家，就听到冯嫂在厨房里忙碌的声音，姜茹在开香槟，陈叔也忙着端菜。每个人似乎都在欢迎我们的到来，那热闹的气氛使我渐渐打消了心里的不安。我看到姜茹对着我笑，笑得很温和，也很快乐。也许，她真的像楚宏说的那样，她是一个母亲，最大的弱点就是孩子，最终只会向孩子做出退让。说到底，世间的父母对孩子的爱太多，而孩子对父母的爱却少得可怜。

冯嫂做完菜照旧直接回家，姜茹给陈叔和楚宏倒香槟。倒完酒，她又回到厨房拿了一个大大的玻璃杯，里面盛着金黄色的橙汁："林学不喝酒，今天不为难他，我特地给他榨了新鲜的果汁，又加了蜂蜜，味道肯定特别好。"她走到我面前，附在我耳边说："别怪我，林学。"

杯里的橙汁散发着蜂蜜的香味，饱满的果粒闪闪发亮。楚宏说："干杯。"

我将果汁一饮而尽，喝到杯底时感到有沙子一样的东西滑过我的喉咙，心里暗想可能是橙子的果粒，就没再去想。

吃完饭，陈叔出门去上班，依然很亲切地和我们道别。姜茹将空盘子叠在一起，端进厨房。我站起来，一不小心打落了楚宏喝酒的杯子,啪的一声,玻璃碎了一地。不知为什么,我感到头疼,眼前的餐桌模糊了,慢慢连楚宏也看不见了。我睁不开眼睛,腿也软得没有力气。我扶住身旁的楚宏:“你扶我一下,我头疼。”

“你怎么了?”他捧着我的脸,“脸色怎么这么难看?”

“我头疼得很,你扶住我。”我一下子扑到楚宏怀里,隐约中听到姜茹说:“我给他吃了五颗安眠药。”

原来,那杯果汁里像沙子一样的东西不是果肉,而是姜茹放的磨成粉的安眠药。

到了医院,我不知道医生为我做了什么,醒来时手臂上插着输液的针。外面的走廊上传来两个熟悉的声音。

“您为什么要这样做?您要害死他吗?”楚宏难以置信地问道。

“我没有那样想过,我只是想通过这件事告诉你,你的固执,你所谓的爱,对林学是一种伤害。”姜茹的语气很坚定,“面对我,面对这个世界,你还太弱小,你根本保护不了林学,你凭借什么和他在一起?”

“你以为这样我就会答应你,答应你对我的安排吗?”

“你必须走和别人一样的路,也必须过着和别人一样的生活,你的一生才会安稳、快乐。对于林学也是这样。我之前也和林学说过,这个世界容不下你们这样的独特。你们根本没有能力去维持你们的生活,再过几年,你会发现这条路有多难走,你的未来根本不会像你想象的那样美好。”

“我可以努力。”楚宏好像碰倒了什么东西,叮叮咚咚的声音响彻了整个走廊。

“努力?当初你为了自由,放弃了进公司的机会,开了一家奶茶店。如今呢？这个店如你想的那样，一直开下去了吗？同样，你能保证在以后的日子里，能把林学安然地留在自己身边，过上自己想要的生活吗？有些事你是没法儿努力的，即使努力了，也没办法实现。人是摆脱不了命运的。今天的一切就证明了，有多少的伤害，你是措手不及的，你根本就保护不了林学。”

楚宏好像哭了，姜茹的语气不再像之前那样生硬，慢慢温柔起来：“你们只有分开，才是最好的选择。你是我的儿子，我不会骗你，更不忍心伤害你，同样不愿意去伤害你喜欢的人。可是我这么做了，只希望在以后的几十年里，你和林学都能不后悔。”

这些话说完，姜茹便走了，脚步声又长又重，每一步都是如此坚定。楚宏依旧在哭着，那压抑不住的呜咽声清晰地传进病房。姜茹的话我听到了，她是爱楚宏的，我也爱。然而，当她把安眠药放进果汁里的时候，我就知道，我的爱是卑微的，她的爱是一种牺牲，我根本没有权利和资格与她争夺楚宏。

药液没了，我按了一下身边的呼叫器。响了两声，楚宏从外面进来。我望着他，显然他是擦干了眼泪的，不想让我知道。

他摸着我的头：“怎么样？还有哪里不舒服？”

“没有了。”

他端来桌边的水，喝了一口：“有点儿凉了，我添点儿热水，医生说你要多喝水。”

护士进来，笑着说：“今天的药液输完了。”

“我什么时候可以出院？”

“还要过两天，因为这种安眠药对人的伤害很大，需要继续住院观察几天。”

楚宏把我扶起来，我接过他手里的水：“那我可以到外面散散步吗?"

"头不疼的话可以。"

我下了床,已是八月的天气,楚宏非让我披一件外套,说是外面有风。

病房的后面是一个很小的公园,许多病人都在那里散步,有的人独自沉思,有的人在家人的陪同下说笑着,来减缓病痛的折磨。我很不愿意在医院里待着,更不愿意看到病人痛苦的表情。医院是一个生离死别的地方。

"楚宏,你母亲刚刚来了吧?"

我们走在树荫下,因为有风,一点儿也不热,不知是不是秋天来得早了点儿,少许泛黄的落叶安详地在地面上躺着。

"我们去那边的超市买几条毛巾。"

他往前走,我一把拉住他:"楚宏,我们该谈谈了。"

"林学……"楚宏把我抱在怀里,在人来人往中,我没有挣脱,我知道,这样的温暖,我以后再也感受不到了。

"我们分开吧。"几乎是同时,我们说出了这句话。

楚宏松开我,我们走到一个椅子前坐下来。他把我的手放在他的膝盖上,望着远处,说:"当我看到你痛苦地躺在医院里,脸色苍白,我突然觉得,除了爱,我什么也无法给你,甚至让你健康地活下去我都没能做到。如果我不在你身边,可以让你过得更好,那么,我只能选择离开。"

"我不怕分开,我……"我止住了自己的话。

"怎么不说了?"

"我希望你过得好,正如你希望我过得好一样。"

从公园回来已经到了傍晚,楚宏从医院的食堂买了晚饭,我吃不下太多东西,只喝了一点儿粥。楚宏说:“我回家拿几件衣服,很快就回来。”

楚宏走后,我给母亲打了一个电话,告诉她我很快就回家了。母亲问了我一些工作的问题,我没有耐心回答她,只说了一句“回去再说”,就挂了电话。

我算着楚宏回家的时间,稍微长了点儿,我就有些担心,担心他与姜茹再发生争执,更害怕再也看不见他。正想着,楚宏就来了,手里还多了一把钥匙。

“走吧,今晚我们去奶茶店坐坐。”

“你去房东那里拿了钥匙?”

“是啊!我特地问她要的,她也大方地给了我。”

“你拿的衣服呢?”

“在车里。”

楚宏把车停在了路边,我们走到那扇熟悉的门前,楚宏打开门,里面的陈设一点儿都没有变,还是那几张桌子,除了米勒的《拾穗者》,其余的几张画依旧挂在墙上。楚宏从车上把衣服拿了进来,我背对着他,看着街上的行人,这种场景多次在我脑海中出现。店中奶茶的香味依然可以隐约闻到。楚宏说:“你闻了烟味会咳嗽,所以我戒了烟。”

我指着墙上的空白处说:“我当时就觉得那幅十字绣是一个女孩送给你的。”我指着左边的桌子,笑着说:“曾有个人在这儿给你剥巴旦木,害得我吃醋。”

他也笑了:“瞧你多小气,真是辜负了我的一片痴心。”

楚宏说着就穿上了包里的那件黑色羽绒服,上前把我抱在怀里。我的脸颊贴在他柔软的衣服上,他接着说:“我第一次抱你时，穿的就是这件衣服，还记得吗？”

我抬头看他，他吻了我，吻得那样疯狂、痴迷。我知道，今日的一切都将会是永恒，因为我们把所有的缠绵、欢笑、泪水都放在了心里，不会被人打扰，也不会消失，就像我在公园里那句欲言又止的话：“我不怕分开，我希望你能永远记着我。”

坐在地板上，背贴着冰冷的白墙，那一夜，我们听着城市静默下来，谁也没有提出要回医院。医院太吵了，那么多人，来来往往，他们会占用我们的时间。此刻，时间是多么宝贵，然而它却随着秒针一点点地溜走，离别正渐渐逼近我们。

我想起姜茹对我说的话，不要再和楚宏有什么联系。一想到这儿，那背后的冰冷瞬间流到了心中，我无意识地握了握楚宏的手。这么说，我将永远不能再见到他，永远也不能再触摸到那张我疯狂爱着的脸庞了吗？我不愿意这么想，更不愿意这么做。

可是，在那股冰冷的寒气被楚宏的怀抱驱散的时候，那种想留在他怀里的感觉愈加强烈，我又想起了姜茹的话。我明白，我只能去享受他的怀抱带来的片刻快乐，它不属于我，正如他母亲告诉我的，那里将是一个女人的天堂。姜茹，用一个过来人的身份审视了楚宏的未来，她会错吗？她的愿望是让楚宏拥有妻子与孩子，过上正常人的生活。她不会错吧？她是他的母亲，她可以不对，但不会错。这意味着，我将永远离开楚宏，永远离开……

我站起来说道：“楚宏，再过两天我就回去了。”

“这么急吗？”

“这一走，我们以后就不要再联系了。”

“为什么？”

“万一你结婚了，如果我们再联系，对大家都不好。”这是我唯一能想到的与他不联系的理由。只要楚宏能在他母亲的安排下过得幸福,无论怎样,我都可以接受。

“我不会结婚的。”

“别这么说！事到如今,我们也该明白,世间的许多事,哪是能由我们做主的?”我故意这么说,态度也极其冷冰。

“你怎么了?”楚宏诧异地看着我。

“我没事,只是把心里想说的说出来。”

楚宏背对着我,喃喃地说:“是啊,不联系也好,我不能和你在一起,不能给你保护、快乐,我希望有一个人可以代替我。”

他转过身来,低着头:“你一定要好好生活,别让我担心。身体不舒服的话,要记得去医院。”

“放心,我会照顾好自己的。”

“还有……”

“不说了,好吗？让我好好看看你。”我用手指摸着他的鼻尖,滑到他的嘴唇,顺着嘴唇的两边,摸着他的胡子……

两个人,就这样过了一夜。

天亮了,我们回到了医院,护士责问我们,为什么整夜未归。我说:“今天还要做检查吗?”

“看你的状况应该不需要了。”

“那什么时候可以出院?”

“今天就可以。”

“哦。”我怏怏地应了一声。

护士出去后,楚宏说:“再过两天吧?”

他是那样不舍,以至于我的眼睛扫过他的眼睛时,他都不敢去看我。我多么不愿意离开,可是我却不得不这么做。

"不用了,迟早要回去的。"

"就待一天,好吗?"

我答应了,我抵不住内心和他在一起的渴望。

昨夜几乎一夜都没有睡,可是我一点儿困意都没有,离别的浓云使我宁愿盯着时钟,看它是如何将楚宏从我身边带走的。我们在酒店里,躺在那洁白的床上,哪里都不想去。楚宏抱着我,就那样一直抱着。

我用脚趾蹭他的脚背,弄得他咯咯地笑。楚宏一起身,将我压在身底,圈住我的脖子,我的胳膊与腿缠绕在他的身上。那温柔又充满着怜惜的爱是多么让人幸福,纵然它正在一点点离我而去。那原本明媚的阳光从我身边退去,换来的是一片昏暗。我的眼泪再一次流了出来。

过了一会儿,他似乎把我抱得更紧了,我情不自禁地和他抱在一起,努力让两个身体贴得更近,谁也不能忍受谁的离去。

不知不觉,天就亮了。我起床穿衣服,楚宏躺着不动,他很疲惫,只是呆呆地望着我。

楚宏伸手去拿衣服,我说:"不要来送我,好吗?"

他停下穿衣服的动作。

"我不想你去送我,不想你看着我离开,我也不愿意看你离开。所以,你别去送,我们就好像从来没有分开过。"我将箱子的拉链拉好。

"林学,我会永远爱你的。"楚宏赤着脚,走到我身边,就像以往一样,摸摸我的头发,捏捏我的脸,然后把我抱在怀里。我赶忙把他推开,我不愿意有临别的拥抱,我怕我下一秒会后悔。我们在一起的这两年,所有的一切,我是不会忘记的。

我一个人走到车站,一路上我没看任何人,也没再看这座城市的任何一处风景。我告诉自己,以后的路要一个人走了。我畏惧着未来的生活,一种没有楚宏陪伴的生活。我不知道我是何时到的家,只是当我走在川流不息的人群中时,我被推搡着,身子像纸一样轻,喧闹是一种怜悯的欢乐。

我只明白,我如此孤独,从失去他开始。

十七　没有楚宏的日子

我在家里待了两个多月，这么长的时间里，我几乎没有出过门，每天只是陪着母亲。父亲偶尔会来小坐一会儿，我也只是敷衍地和他说几句话。我好像与世隔绝了，不愿意再去体验生活。生活对我来说，一点儿滋味都没有了。

失去一个人，就好像失去了一切。

我想死掉，如果死了，所有的孤独、绝望、痛苦都会随之而去。那时，我才真正懂得，世间还会有这样令人痛不欲生的思念。我太想楚宏了，真的太想了，时时刻刻都希望能够再被他抱着、吻着。然而，他的人，我是不能再拥有了，他的岁月，我也是走不进去了。

为了避免这样的思念，我强迫自己入睡。唯一的一次出门，是到医院开了安眠药，那时我已经把它曾带给我的可怕的记忆忘记了。我把药偷偷藏在抽屉里，在天色刚刚昏暗时，就吃一颗。我讨厌夜晚，那黑色的宁静总会让思念更加浓烈。可是药物开始起作用了，除了那一份入睡前的沉重，心里却依然淡化不了楚宏的身影。

然而，睡着了就好了。那一瞬间，我会有一丝快乐，睡着了就不会被思念折磨了。而且在梦中,还会上演着我和楚宏在一起的日子:相识的第一天、双蝶谷,以及共同面对姜茹时的心惊肉跳。我不知道在我睡着的时候,我的嘴角会不会挂着微笑。

母亲看着我一天天地瘦下去,心疼着,却也没说什么。她很小心,保持对感情一贯的尊重与沉默,也似乎是害怕问了什么问题会让我伤心。于是,只是静静地等着我去告诉她。

到了十二月,我和楚宏已经分开三个多月了。天气渐渐地开始变凉,睡觉的时候,总觉得被子没有温度。外面的风,就好像是凄苦的哀鸣。

母亲说:"再过几日就会有大幅度的降温,你却连一件合适的冬衣都没有。"

我捧着小说,看了她一眼。她正在为我整理书桌,书桌上的书,一本一本胡乱堆放着。那些书是我这段时间用来打发时间的,看完就扔,看到不好的情节就极度悲伤,看到太幸福的情节,就将那一页随手一撕,扔到一边。

"去年的呢?"

"你现在穿不了了,都不合身。"她轻轻叹了一口气,我却听得很清楚。

"妈!"我拍拍床边,示意她坐下。

她走到我身边,我拉住她的手。她笑了,笑得很开心,有点儿受宠若惊的感觉。也难怪,多久了,我从来没有主动和她说过一句话。

"你有过很爱一个人,却最终没能和他在一起的经历吗?"

"你在说你自己?"

"嗯。"我点点头。

母亲站起来，从桌边的一堆白纸中翻出一张，放到我面前，上面写的全是楚宏的名字。

“我经常听到你叫他的名字，晚上睡着了也会喊他的名字。”母亲突然掉下眼泪，哭着说，“我没想到，你会爱得这样辛苦。”她好像是压抑了太久，今天得到了释放，眼泪哗哗地流着。

“你怪我吗？我不是一个好孩子，不是你期望的那样。”

“我只是想，你一定吃了很多苦，受了许多打击，不然你也不会变成这样。我很心疼，你不能为了楚宏，把自己糟蹋成……”她没有说下去，伸着手擦眼泪。

我默不作声地下了床，走到镜子前，我好久没有认真看过自己了。我怎么变成了这个样子，头发长得可以扎成辫子，邋遢得很，睡衣上的纽扣颠倒着次序……感觉整个人瘦得衣服都大了许多。此刻的我，大概没人会喜欢。

那天傍晚，父亲来了，手里还拎了一袋苹果。他向母亲使了一个眼色，两个人就到隔壁的房间讲话。过了一会儿，父亲对我说：“我回去了。”我朝他挥挥手。

“父亲和你说了什么？”我问母亲。

“你不打算出去找个工作？整天在家躺着也不是个事，况且对身体也不好。”

“做什么呢？”我对工作一点儿兴趣也没有，心里只想着过一天是一天。

“你父亲刚刚和我说了，他托人给你在杂志社安排了一个工作，让你后天去看看。”

“不去，不去！”我对她嘀咕着，“我这个样子，怎么见人？”

“明天你去把头发剪了，再买几套衣服，打扮一下，谁不说我儿子好看?"她好像看到了什么希望。她见我迟疑,声音压得很低,"即使是为了楚宏,你也应该活得好点儿,不能这样颓废下去。"

母亲说完就走进了厨房,忙着今晚的晚饭,我竟待在原地一动未动。这么久了,我竟然忘了我对楚宏的承诺,我应该好好活着,才不辜负他的牵挂与叮嘱。我也多么希望,他每天都能微笑。我突然懂得了生命的另一种意义,活下去不只是为了自己,更是为了那个爱你的人。他若少了一份担心和牵挂,我做什么都值得了。

第二天,我早早就醒了,外面的天泛着淡青色。像往常一样,我拿起小说,细细地读。等到客厅有了动静,便知道母亲也起来了,我便出去和她一起做了早饭。母亲见我心情好了许多,早饭吃得也不少,心里十分高兴。

"等会儿我陪你去剪头发、买衣服。"

"不用,我约了陶玥,她会陪我的。"

我已经很久没有见过陶玥了,在我待在家中的日子里,她多次要来看我,都被我拒绝了。那时,我不想见任何人。如今的她已是一名小学老师了,学校离家比较远,她在外面租了房子,只在每个双休日回家一趟,陪她母亲说说话、做做饭。

我们约好了在皇剑广场见,她比我来得早,见到我时,什么话也没说,只是盯着我看。

"你怎么瘦成这样?"

"瘦点儿好看嘛。"我裹了裹身上的衣服,腾出一大块布料。

"终于见到你了,前段时间你不知道我有多担心。你告诉我你回来了,却又不让我去看你,弄得我心里七上八下,不知道出了什么事。"

我笑了笑:"现在都好了,过去的事不提了。"

"到底怎么了?是不是楚宏的母亲……"

"你怎么知道?"

"楚宏那么爱你,若不是因为他的母亲,你们怎么会分开?"

"今天不说不开心的事。"我指着一家衣服店说,"进去看看。"

服务员热情地介绍着店里的每一件衣服,啰唆得让我有点儿烦躁。我快速地挑了一件棉衣、一条牛仔裤,付了款,就赶快离开了那个喧闹不止的地方。我在一家常去的理发店剪了头发,高中的时候那个一直为我剪发的人已经离开了,去了更远的城市发展。我依旧记得他叫戴小松,他曾对我说:"我和一个谈了七年的女朋友分手了。"

我问:"你不难过吗?"

"不难过。"他看着镜子里睁大眼睛的我,一边摆弄我的头发,一边笑着说,"我们在一起七年,太久了,久得两个人都没了感觉,因而分手的时候,不会感到痛苦。"

那时,我不太懂,一段感情,整整七年,怎可以轻易分手?人们真的这么薄情?直到如今,我也没明白。

"你工作还好吗?当老师累不累?"我问陶玥。

"管着一群差不多只有十岁的孩子,也很累。"她无奈地回答我,又问,"你呢,有什么打算?总不能一直在家待着。"

"父亲给我在杂志社找了一份工作,明天去面试。"

她笑着说:"这个工作挺适合你的,大学的时候你也经常给学校的杂志写稿子。"

我们在外面吃了午饭，下午的时候，我觉得累了，哪里都不想去，于是就去电影院看了两场电影。一个是爱情片，一个是恐怖片。我是第一次看恐怖片，却也没觉得有什么可怕的。倒是陶玥，整个过程都战战兢兢的。

冬季，天总是黑得早，出了电影院，才发现街灯都亮了。陶玥说："母亲催我回去，下次我们再约吧。"

她走后，我摸了摸口袋，才发现钱包不见了。无奈之下，只能步行回家。到家后，吃了点儿晚饭，坐在椅子上，想起明天的面试，心里十分忐忑。母亲笑着问："想什么呢？"

"我担心明天的面试。"

"你父亲和社长是多年的朋友，早就和他说好了。明天去了，他不会问太难的问题，你心里想什么就说什么。"

我惴惴不安地回到房间，看了一会儿关于面试方面的书。拉开窗帘，往远处看，明明已是深夜，城市却还是这样明亮。城市的灯光营造了一个虚拟的白天。大概人们是不喜欢黑夜的，就像东方女人不喜欢黑色的皮肤。黑色的皮肤让她们看不到出路，正如黑夜，人们总逃不出那份落寞。

我在这份落寞中睡着了，依然醒得很早。到了杂志社，见了社长，父亲正在和他聊天。我看了一眼他面前的牌子——王朝新。他见我来了，笑着对我父亲说："这就是……"

"对，对。"父亲笑着说。

随后，他只问了我读的专业、学校和我的年纪，其余的什么也没问，就叮嘱一个人带我去参观一下。这个杂志社很大，也分很多部门，大大小小的，估计有十多个。很快我们把杂志社参观了一遍。那个人把我带到他的办公室，笑着问："你叫什么名字？"

"林学。"

他好像在想具体是什么字,我笑着说:"树林的林,学习的学。"

"我叫金成华,是这里的人事部主管。社长正在和你父亲聊天,等会儿就请他给你分配具体的工作。"他给我倒了一杯热水,我正觉得手脚冰凉。

我笑着说:"我只是刚毕业,对这些也不懂……"

"这个你放心,我们社长最会用人,给你的工作肯定是你会做的,即使不会,跟着别人学学,也就会了。"

正说着,社长和我父亲走了进来。当着父亲的面,他自然是把我大大夸赞了一番,父亲连连跟着客气。

社长随后说道:"鉴于你才毕业,很多方面都没有经验。当然,每个人都是从零到有学起来的。所以,刚刚进入杂志社,你会很辛苦,许多东西你都要向前辈虚心请教。"他来回走了一圈,继续对我说道,"既然这样,你就负责写稿子,行吗?"

"行。"我点头应允。

"金成华,你去给他安排一下。"

金成华笑着说:"跟我走吧。"我跟着他到了二楼,一路上许多人盯着我看,有人对我微笑,让我感到亲切,而有的人似乎用一种审视的眼光看我,猜测着又来了一个怎样的同事,这又让我感到紧张。

在一个靠着窗户的办公桌前,金成华对我说:"以后这就是你工作的地方。有电脑,也有以往的杂志,你看看里面的文章,看看别人是怎么写的。"

我坐下来,摸了一下桌面,一点儿灰尘都没有,金成华笑着说:“你还有洁癖啊?昨天我们就知道你要来,所以提前给你收拾了一下。放心吧!”

他走后,我拿起一本杂志,翻了翻里面的内容。这是一本时尚杂志,前几页讲了女人的香水,再往后就是关于女人冬季的风衣款式。我不懂时尚,平日里的衣服也是怎么舒服怎么穿,更不曾用过香水。我仔细看了周围的人,他们的穿着倒是挺符合杂志中的样子,再看看我的打扮,我突然有点儿自惭形秽了。

一上午,我一直有点儿找不到重心的感觉,毕竟我是第一次正式工作。所有事情都准备就绪了,我一直呆呆地等着,等着别人来给我安排任务。然而,对于他们,我好像是一个透明人。一天下来,没一个人和我说过一句话。每个人都好像有做不完的事情,都低着头忙碌着,连去个卫生间都是匆匆忙忙的,对于他们来说,时间是如此宝贵。

到了傍晚,他们依然坐在自己的位置上一动不动。我想回家,却也不好意思提前走掉。我悄悄走到一个人身边,顿时把我吓了一跳,那精致的混血脸庞告诉我,那不是费尔吗?

他愣了一下,然后笑着说:“林学?”

“你还记得我?”我问道。

“记得,记得,我从来没忘记过。”

他笑着从旁边拉过一个凳子,说:“坐。”

我问道:“你怎么在这里工作?你不是在读书吗?”

“每个星期天我都会来这里兼职。”

我指着周围的人,又看了看手表问:“大家怎么都这么忙,下班了还不回家?”

他笑着说:“杂志定期出版,在出版的前几天会很忙,要校对、定稿等，其他的如选主题、搜集素材等会相对轻松一点儿。”

我拍了拍他的肩膀：“你的中文越来越好了，除了口音，其他的和我们没有区别。”

他不好意思地笑了笑。

那天晚上，一直到了九点，那沉闷而匆忙的气氛才缓解了许多，人们都笑着对彼此说“辛苦了”，然后收拾着自己的东西，往家中赶去。我也和几个人打了招呼，他们问了一下我的情况，表现出对新同事的友好，由于时间太晚，只是浅谈了几句，然后说了句“明天再见”。

费尔和我走出杂志社，杂志社两边的霓虹灯一闪一闪的，像星星。

“还有多久才毕业？”我问费尔。

“差不多一年半。”

“时间会过得很快，到时候你要回法国吗？”

他低着头不说话，我不知道是不是问了什么不该问的问题，便岔开话题说：“跟我说说，你父亲和母亲的这一段跨国爱情，好吗？”在我心里，两个不同国度的人走到一起，一定如三毛和荷西一样，充满了太多的故事与传奇，我迫不及待地想要听。

费尔笑了，夹杂着怪怪的口音，说起了他父亲与母亲的这一段中法之恋。

“母亲十九岁那年去法国留学，在学校里认识了父亲，两个人一见钟情。在父亲眼中，母亲来自东方，神秘得就像一个宝藏。他们谈了五年的恋爱，在第六年的春天，走进了婚姻的殿堂，婚后的生活非常幸福。父亲凭借祖父的权势与财富开了一家葡萄酒公司，生意越来越好。那时候，他和母亲两个人主管着公司，渐渐地他希望母亲做一个家庭主妇,安稳地享受生活。可是母亲心高气傲,不愿意留在家中将时光白白荒废。她不顾父亲的劝告与反对,独自一人出去找工作。从那以后,两个人经常吵架。母亲忙碌的工作,也使得她与父亲的关系越来越疏远。在我读中学的时候,两人结束了长达十五年的婚姻生活。之后,母亲一个人回到中国,现在在大学里教法语。"

"你选择来中国读书,是为了陪你母亲吗?"

"对,我很想她!来中国后,我可以天天看见她。"

"你的中文就是你母亲教的吧?"

"在我很小的时候,母亲就教我写汉字、读汉语,所以我的中文比其他人要好。"他说话的语气很自豪,像一个孩子考了一百分一样。

费尔捂着肚子,对我说:"你饿吗?"

我倒没觉得饿,看着他的样子,应该是想吃东西了。

"我一天都没有吃饭了。"

正巧路过一家馄饨店,我指着店门说:"你吃过馄饨吗?"

"没有。"

"那今天正好尝尝,这家店还是很有名气的。"

走进店里,老板问要哪种口味。

费尔只傻乎乎地对着老板笑,却也不回答。

"有哪些口味?"我问老板。

"鸡丝馄饨、番茄馄饨、清汤馄饨……"老板一连串说出好几样馄饨来。

我自已做了主:"两碗三鲜馄饨吧。"

老板走后,我问费尔:"你怎么对着老板傻笑?"

“她的红棉袄很好看。”

我不禁也笑了,这个外国人对中国的一切都感兴趣。

馄饨上来了,费尔盯着碗里的馄饨说:“真好看。”

我告诉他:“馄饨还有好多其他的名字:江西人称清汤;四川人称抄手;湖北人称包面;广东人称云吞。”

“云吞这个名字真好听。”

“其实,叫它云吞,是因为广东方言中‘馄饨’的发音类似‘云吞’,不过它在水中的形态的确像一朵朵白云。”

费尔突然放下了手里的勺子,很认真地说:“你能不能多讲一些中国的故事给我听听?”

我说:“你的中文这么好,可以买一本书自己看。”

他好像有一些失落,不再说话,接着吃碗里的馄饨。

他把我送到家门口,我问:“你现在回学校吗?”

“我回母亲那儿。”

我们笑着说了一声再见。

此后,我每天八点上班、五点下班,也有一些特殊情况,在杂志即将下厂印刷的前几天,加班到很晚。杂志社是一个丰富多彩的地方,每天都会听到各种奇怪的、有趣的新闻。社里的人很聪明,总能提出一些让人意想不到的主题。我和社里的人渐渐熟了起来,与他们相处得还不错,他们似乎也很喜欢我。因为我的名字中带了一个“学”字,他们便给我起了一个英文名字 Study(学习)。也由于在他们中间,我的年龄最小,比我年长的几个姐姐便叫我“小 Study”。费尔每个星期天都来上班,下班后就让我带着他去吃各种小吃。其他时间里,他总是戴着耳机,在杂志社门口等我。每次我出来的时候,他都会笑着向我挥挥手。他骑着自行车，我在旁边走着，我们一路说笑着回家。

然而，再充实的生活也淡化不了我心里的思念与孤独，这样的情绪似乎已成了一个习惯。

每个晚上，昏暗的房间里，我拿着手机，对着屏幕，无数次翻出那个熟悉到不能再熟悉的号码。好想打过去，想知道电话那边的那个人过得好不好，有没有像我一样有了一个新的工作，有没有交其他朋友，或者有了另外一段恋情。好想再听听那个熟悉的声音，温柔地说着“我爱你”。

每一页的日记，都计算着我们分别的日期。我在纸上写着过往，写着永远眷恋的温柔。在那看不到尽头的黑夜里，我打开床前的一盏灯，凑近灯光，翻开小说。不知道读了多久，看时间，还不到睡觉的时候。我走下床，到客厅倒了一杯热水，静静等着它冷却下来。墙上的钟，一秒、两秒、一分钟、两分钟地走着。没有楚宏的日子真漫长啊，长得令人厌烦，长得不愿再活下去……

十八　等了又等

那一年的春节,年前年后我们总共放了二十天的假。假期里,我陪陶玥逛了逛街,听她说了自己班里那一群天真的孩子闹出的好笑有趣的事,也和齐颜、韦鸿光通了一次电话,问问他们在南京的情况如何。不知道他们从何处得知我和楚宏分手的消息,便问了我一些问题,我敷衍地回答了几句,便挂了电话。

初一的早上,何成轩带着妻子、孩子到我家玩。我笑着说:"我该发红包了。"

夏文燕笑着说:"别给了,家里面来了一堆人,都是拜年、给红包。孩子见人多,吓得直哭,抱到你这儿玩玩,也清静清静。"

母亲从房间走出来,拿着一个红包说:"这是传统风俗,一定要给的。"

我拿着红包逗小孩儿玩,她却不以为然,只是盯着我看。我将红包的一角放在她手上,告诉她这是钱。她用手心握住,我再去拽时,却发现她的力气还真是不小。我笑着说:"反应这么快,明白里面装了什么好东西了吗?"

母亲给每个人倒了一杯热水,问道:"孩子六个月了吧?"

"是啊。"

我盯着小孩儿看了一会儿，比起第一次在医院里看到的样子，她的确有了很大的改变。皮肤又嫩又白，很好看。我们讲话的时候，她在一旁静静地听着，那专注的神态，就像是一个好学的学生。

“你什么时候回上海？”

“不打算回去了。”何成轩回答我，“有了孩子，就不方便离家了，况且父亲的年纪越来越大，生意也需要人打理。”

“那我们可以经常见面了。”

“你呢？听林伯父说，你现在在杂志社上班？”

“对，工作还不错，每天都能听到各种稀奇古怪的事。”

很快到了中午，母亲留他们吃饭，夏文燕说：“不了，可儿还等着喂牛奶。”

“那就不留你们了。”母亲笑着说。

“孩子叫什么名字？”我插嘴道。

“何可文，小名可儿。”

我低着头暗想，何是何成轩，文是夏文燕，中间放一个可，看来夫妻感情挺深的。

母亲说：“自从家里添了一个孩子，你何伯母整天笑得合不拢嘴。”

“您不会也想要抱孙子了吧？”我问。

“就你一个我都管不过来！”母亲一边择菜一边说。

我走过去帮忙，蹲在墙角说：“你是不是也想和何伯母一样？”

母亲叹了口气：“我之前也想过这个问题，那个时候我怕伤害你，就一直放在心里没说出来。但是到了现在，那个念头已经没有了。我还是觉得，只要你过得好就行。”

很多时候，我会想，如果姜茹有我母亲这样的想法，我和楚宏会不会就可以永远在一起了。我不敢说她错了，但是在心里，我难免对她有些埋怨。

每次望着人来人往、车水马龙的街道，我都会想，楚宏是否有了另一个人的陪伴，我希望他过得好，没有牵挂，却又害怕他会忘记我。

春节的假期过去了，第一天上班，社长就给我们全体员工开了两个小时的会议，我一句也没有听，只顾着低着头和叶洁聊天。叶洁是我的同事，江西人，短短的头发，带着点儿不合年纪的婴儿肥。大学时学的是英文专业，博览群书，平日里衣着朴素，有点儿民国女大学生的气质。她比我晚到杂志社半个月，由于我们都是新人，性格相近，也都是书迷，聊起小说，更是滔滔不绝，因而很快就成了很好的朋友。

值得一提的是，那天与她一同来应聘的还有一个人，叫黄有庚。他家在东北，个子很高，身材健硕。当时，许多人都猜测他们是一对情侣。然而，过了很久，却也没发现他们之间有什么交集。

开完会，情感部门的主编就交给了我们一个任务，让我和叶洁负责采访一对八十岁的老人，听他们讲述六十多年的感情生活，并派黄有庚开车兼录像。

下午，我们就出发了，沿着主编交代给我们的路线，开了一个多小时的车，身体都快颠簸散架了。不过，这一路上山山水水，偶尔还能听到几声雀声，都给了我们莫大的享受。

到了目的地，我们看见了那一对白发苍苍的老人。他们的家是两间矮矮的平房，屋里灯光很暗，黄有庚不小心踢到了放在地上的水瓶，老人忙打开灯，又拿出凳子，不好意思地说："坐，坐。"

我和叶洁并肩坐着，黄有庚扛着相机，站在后面录像。接下来的访问很顺利，他们仔细地讲了他们相识、相知和相守的过程。几乎都是一些琐碎的小事儿，然而回味起来，却如同看了一部小说。

回来的路上，叶洁说："老人的记性都很差，而他们却偏偏能很清楚地记得年轻时候的事。"

"或许他们觉得那个时候的事比较有意义，所以不自觉地就记住了。"

她叹了气，附到我的耳边说："我也正值青春，可是没有一个人同意我把他记在心里。"说完，她又痴痴地看着黄有庚，悄声地说："有些事情，真是求不得的。"

回到杂志社，正是下班的时候，我们匆匆把材料交给了情感部的主编，就收拾东西准备回家。叶洁说："忙了一天，不如我请你们吃饭吧？"

"怎么好意思呢？还是我来请。"黄有庚说。

"没事，你就别客气了。"

他们两个都争着要请，我笑着说："这样吧，到结账的时候，你们各付一半，算是你们两个请我了。"

叶洁一听红了脸，路上我笑着轻声说："心里是不是很甜？"

叶洁没回答我，只顾着低头笑。她又看了看走在前面的黄有庚，她看他的神态是如此的柔情，就像此时的月亮。

又是一个月圆之夜，无奈却逃不了爱情带来的困惑与辛苦。

我们进了一家酒店。虽是春天了，天气却依然很冷。我怕冷，穿得很多。酒店里的热气让我在等菜的时候昏昏欲睡。那一次，不知道为了什么事，叶洁喝了许多酒，灌得自己不省人事。出了酒店后，我对黄有庚说："你送她回去吧。"

黄有庚扶着她的肩膀，叶洁靠在他的怀里。我伸手帮他们拦了出租车。两人走后，我也往家走去。我很喜欢这美丽的月色，古人爱月，用歌曲唱它，用诗去写它，希望它能把自己的那份情思传给远方的人。

我抬起头，静静地看着月亮，心里默念"海上生明月，天涯共此时"。楚宏啊楚宏，你是不是也在看这个月亮？如今的我们，唯一的联系，是不是就只有这个月亮了？

我被这月色扰得一夜未睡。我披着棉衣，坐在阳台上，让月光洒遍我全身。回忆从前，差不多也是这样的温度，我和楚宏坐在他家的飘窗上，看万家灯火，猜有情人会说怎样的情话……我多想把这情景印在月亮里，遥寄给他。

虽没有太长的过去，我却如老人一样，爱上回忆，爱写过去的事。回忆真好，它跨越所有的时空，毫不费力地将我和楚宏的心紧密相连。每当这个时候，我都会微微地笑着。我心里是肯定的，在某一个角落里，有一个人也如我想他一样，静静地思念着我。

第二天上班，叶洁比我到得早，她似乎很高兴，笑着将一盒玫瑰花糕点放在我的桌上。

"请我吃的？"

"对，我最喜欢的糕点。"

我笑着打开盒子，瞬间闻到一股芬芳馥郁的甜味。我咬了一口，有一点儿玫瑰花汁的苦涩，细细一品，却又觉得香甜。

"好吃吧?"叶洁坐到我身边问。

"你今天怎么这么开心?遇到什么好事了?"

叶洁环顾了一下四周,按下我的脖子,将脸贴在桌面上说:"昨天是黄有庚送我回去的,好幸福!"

我嘴里嚼着东西,等她继续说下去。

过了一会儿,她脸上的窃喜慢慢褪去,变成了沮丧:"如果不是这样,我也许一辈子都没法儿靠到他的怀里。"

金成华来了,他背着手,里里外外地转着。每个座位他都要扫一眼,看看有没有人迟到。我快速地将糕点盒子收好。他走到我跟前,停了一下,转过身子问叶洁:"你喷香水了?"

叶洁忙摇头:"没有啊。"

"那怎么有一股玫瑰花的香味?"

叶洁站起来,指着远处说:"可能是别人喷的,飘到我们这儿来了。"

他想了想,或许觉得叶洁说得有道理,便重新摆着之前的姿态,继续晃悠着。

待他走后,叶洁说:"整个杂志社,我最讨厌金成华了。什么鸡毛蒜皮的事儿他都要管,而且还爱巴结社长。"

"你先别管他,告诉我黄有庚知道你喜欢他吗?"

"怎么会不知道?就是知道了也没什么表示,我才明白,他并不喜欢我。"

"他是单身吗?"

"应该是。毕竟我从没见过他和其他女人有什么亲密往来。"

"那你还有机会哦。"

"有些事情,不像事业,一开始没了机会,就永远不会再有了,努力是无济于事的。”她忧伤地说，我从没见过她这副神情。

“你应该直接告诉他，你喜欢他。有时候，男人是很笨的，他不一定能反应过来。”

“我不能说，这个太尴尬了。”

我还想再劝，她却摆了摆手，示意我打住。

她开始忙工作了，我手边没事，加上昨晚一夜没睡，竟然趴在桌子上睡着了。醒来的时候，我看见费尔正对着我笑。

“你怎么来了？今天不是星期天啊！”我捏捏压得发麻的手臂，喝了半杯水。

“好几天没见你了，我下午没课，就过来看看你，陪你吃午饭。”

杂志社是个充满创新和挑战的地方，杂志社的食堂也是。每一天，食堂都会出几个奇葩菜品，大部分都是将水果跟荤菜一起炖。我从没吃过这些东西，倒是叶洁，每出一个新品，她都要尝尝。她是一个敢于挑战的人，有时候吃到极度难吃的，却也笑着往下咽。我问她好吃不，她从来都不回答，不告诉我到底是什么情况，只是漫不经心地说一句：“你自己去尝尝。”

我经常想，她是那么勇敢的女孩，在爱情面前，却连一句“我喜欢你”也说不出口。也许，美好的东西总那么脆弱。爱，在心里，我们却不能随心所欲地去表达、去展示。

费尔很喜欢吃食堂的饭，在他的眼里，中国的一切食物都是美食。我笑他“饥不择食”，他却说，能和你一起吃饭，吃什么都是美味的。

然而，这样的话，我却不爱听。

午间可以休息两个小时，费尔说：“街对面的咖啡很好喝，你知道吗?"

"我没去过那里。"我翻着杂志说。

"我带你去。"说着,他就拉起了我的胳臂。

我从没关注过街对面发生了什么,只知道在许久之前,那里是一个很大的娱乐场所,不知何时改成了咖啡馆。店里装修得十分好看,暖色的灯光让人觉得温馨、浪漫。我坐着的位置旁是一个书架,上面放着几本残旧的破书。书架的方格上摆着一个精致的花瓶,全身白色,白得丰润,没有瑕疵,并且瓶中没有插花,却显得一点儿也不单调,有一种纯洁孤傲的感觉。

费尔对着站在不远处的服务生说:"过来一下。"

服务生是一个二十岁左右的男孩,听见有人在招呼他,快速地走了过来:"请问需要什么?"

"一杯黑咖啡,不加糖,不加奶。"

黑咖啡极苦,听费尔这么一说,我的嘴里便立刻苦涩了起来。

"我要一杯橙汁吧。"

"在咖啡店喝果汁?"

"嗯,我不喜欢喝咖啡,正如我不爱吃汉堡。"

费尔笑了笑,他是奔着咖啡来的,然而我却对咖啡一点儿兴趣都没有。我不喜欢苦的东西。他希望把自己喜爱的东西与我分享,并希望我也能喜欢。可是,他失望了,在说了一句"你试着喝一点儿"后,就不再勉强我了。

过了一会儿,咖啡到了,果汁也送了过来。我盯着费尔喝黑咖啡的表情,从容得像我喝水一样。我不得不对他感到佩服,却也疑惑为什么有那么多人爱着这个苦苦的东西。

眼看着时间还很长,我舒服地倚在咖啡店的沙发上,伴着催人入眠的音乐,又一次觉得困倦了。当我迷糊得看不见对面的人时,却听到一个女孩笑着说:“费尔?”

我被惊醒了,定睛去看她。

费尔问:“你怎么在这儿?”

“我来等朋友。你呢?”

“我陪朋友喝咖啡。”

“那不打扰了,我上楼了。”

她和费尔说了再见,也对我微笑了一下。

“她是谁?”我问费尔。

“我之前的女朋友。”费尔又抿了一口咖啡,“我母亲为了把我留在中国,特地给我找了一个中国女朋友。”

“很漂亮。你不喜欢她吗?”

“不喜欢。”

“为什么?”

“你有喜欢的人吗?”他不回答我,反倒问起我来。

“不告诉你。”

“你不说,就说明你一定有喜欢的人。”

我心里一乐,这外国小伙子真聪明。

回到杂志社后,叶洁正在和黄有庚做排版。我对费尔摆摆手,示意他别过去。他懂我的意思,就和我站在前台与其他人聊天。好几个人讨论着今年春季的服装,准备做一期服装特刊。

一个染着银色头发的人拿着一张图片说:“我觉得这款白裙不错。”别人都沉默着,等着他继续说。

“你们看啊,”他手指窗外,“春天给人的感觉是什么?”他卖起了关子。

“快说。”一个胖胖的女人似乎有点儿不耐烦了。

他瞪了她一眼，立刻又面带微笑：“‘乱花渐欲迷人眼’，春天是一个万紫千红的季节。你们想想，若是一个姑娘穿着这样一袭白裙，是不是会显得气质脱俗、与众不同呢？”

其他人都点头，觉得他说得有道理。

他正沉浸在自己分析成功的喜悦中，有一个人说：“这个白裙虽好，却只适合那种小女生，况且也不是每个女人都爱穿裙子。”我闻声看去，那人是一个三十岁左右的女人，穿着一件牛仔外套。

“你有哪些创意？”站在她旁边的人问。

“春天必不可少的就是风衣和毛衣了。”她从身后拿出几张图片。

“你们看，毛衣简单、大方，风衣是许多上班族的必备。浅色风衣与浅色阔腿裤相呼应，很是和谐，内搭深色打底衫，整体会有明显的层次感，又好看又能体现女人的韵味。”大家随着她手指着的方向，认真地看着。

“风衣的颜色也可以是多样的。卡其色是经典，没有女人会拒绝。粉蓝色，一个特别美的颜色，柔情似水。年纪小一点儿的，更可以选择粉色。”她不断地换着图片，又很认真地讲解着。

我在一旁仔细地听，一句话也没有说。又听她们说了鞋子、裤子、香水等等。听多了，我觉得没趣，转过身去，发现叶洁对着电脑屏幕发呆，黄有庚不见了身影。

我倚靠着叶洁的桌子，问道：“排版顺利吗？”

她看了一眼身旁的费尔，似乎是把想说的话咽了回去。费尔不懂她的表情，只呆呆地盯着她看。

叶洁便示意我到其他地方，我对费尔说：“你在这儿玩一会儿,我和叶洁出去一下。”

费尔点点头。

叶洁一边走,一边小声地说:“刚刚他靠我靠得很近。”

“又不是第一次。”我笑着说。

“上一次我喝得很醉,这一次脑子却很清醒。”

“那你是不是很有感触?”

叶洁推了我一下:“你别取笑我了。”她走到休息室的椅子上坐下来说,“我真的太想和他在一起了,这样的感觉越来越强烈。我好害怕一边期望,一边绝望。”

“我还是觉得你应该告诉他。无论结果如何,至少你会踏实许多。如果他真的对你没有半点儿意思,那我们就把目光放在别处,哪里没有好风景啊?”

“我……”

“我知道你在想什么,害怕他拒绝,害怕以后他会更加疏远你。但是你总不能永远把这份爱放在心里吧,这也太对不起你自己,对不起这份爱了。”

她终于笑了,戳了一下我的肩膀:“谢谢你。”

“别客气!找个恰当的时间告诉他,你连食堂里那些奇奇怪怪的,我觉得随时能夺人性命的食物都敢吃,还怕一句告白吗?”

我说完就跑了,叶洁在后面追我。费尔还没走,用我的电脑在写邮件。他见我来了就说:“我要回学校了,教授找我。”

“嗯,那你回去吧,我也要工作了。”

叶洁看着费尔离开,便问我:“你是怎么认识这个外国小伙子的?”

我把在何成轩婚礼上的事情跟她说了一遍,她说:“我还以为你们是亲戚呢！”

“怎么？你想移情别恋？让我给你做媒人？”

“我才不要呢！”她一脸不屑，又突然附在我耳边说，“我觉得他好像喜欢你。”

“别胡说！”

“说真的，你谈过恋爱吗？”

“谈过。”

叶洁的话又勾起了我对楚宏的想念，我看着她，一手托着自己的脸颊：“只是我们没能在一起。”

“因为什么呢？”

“原因好多，我不想再说了。”

叶洁看了看我，似乎知道了我心里的忧伤，便很抱歉地说：“我不该提的。”

“没事。”我看着窗外回答她。

时针好不容易指向了五点，下班了。和叶洁谈话后，我毫无保留地想着和楚宏在一起的点点滴滴。或许是我想得太出神，连外面变了天都未曾发觉。

是要下大雨了吧。

我站在杂志社的门口，看着城市一点点被黑云吞噬，整个城都要被压垮了似的。人们慌慌张张地往家里赶。很快雨水哗哗地倾泻下来，像决堤的河。叶洁问：“你怎么回去？”

“我坐出租车吧。”

“那我先走了。”她撑着一把深蓝色的雨伞，笑着对我挥挥手，然后踏着雨水，追上了走在前面的黄有庚。

也许是因为雨天乘车的人比较多，我等了许久，也不见一辆出租车。我没有带伞,便尽量往杂志社的门边站,不让雨水打到我的身上。尽管这样,由于风太大,裤子还是湿了半截。

一个声音朝我喊:“喂,上车吗?”

一辆出租车停在杂志社的台阶下面,司机打开了车窗对我招手。我快速地钻到车里。司机是一个四十多岁的中年男人,左手夹着烟头,说道:“这么大的雨,车不好打,所以今天我要多收你十块钱。”

我从包里拿出钱包,本想着多给他点儿也无所谓,总好过我一直白白地等。但我打开钱包一看,却发现里面只有一张五元纸币,别说多给他十块钱,连该给的路费都不够。

司机透过后视镜看到了我的表情,以及手里的五块钱,便问:“你没钱?”

我一时不知道该怎么说。

“没钱你坐什么车啊?”

我见他继续抽着快要烧到手指的烟头,车子却没有一点儿要发动的意思。我便下了车,跑到公交站台,正巧一辆驶往我家的公交车来了。我跳上车,满满的一车人,大家相互拥挤着,不时发出一两句抱怨的声音。外面冷得让人发抖,里面却闷得让人喘不过气。

快到我家了,大雨仍没有减弱。我低头看了看自己已经湿透的鞋子,做好了跑回家的准备。可是,下了车后,只跑了两步,我便被一块砖头绊倒在地。左脚不能用力,一用力便刺骨地疼,再想站起来,却是不可能了。

我睁不开眼,只透过模糊的视线,想要找人帮忙。雨水让每个人都躲进了家中,周围一个人也没有。我狼狈不堪,衣服混着泥浆,我努力往前爬着。到了一棵树前,我扶着它,歪歪扭扭地用一只脚撑起身子。我一步一步地往家里跳,原本五分钟的路,这一次却用了半小时。我冷得仿佛置身冰山,那一刻,冰冷、疼痛让我觉得生活很无助与悲哀。我多希望楚宏能在我身边,我有多需要他,他在哪里?

十九　守约

我拍了拍家门，母亲见我一身泥水，便问：“怎么了？”

“摔了一跤。”我说着，扶住门口的柜子，又贴着墙，好不容易走到房间，简单地洗了个澡，又换了衣服。母亲在外面问：“伤得重不重？”

我从房间出来，窝进沙发，将腿放在茶几上。母亲看了看，又用手轻轻按了按我的脚踝处：“有点儿肿了，需要冰敷。”

她从冰箱里拿了几块冰，用塑料袋包好，贴放在肿痛处。

“明天让你父亲带你到医院看看。”

“不用了，伤得不重，既没瘀青，又没出血。”

“我担心是不是伤到了骨头。”她皱着眉头，“这么大人了，走路也能摔着。”过了一会儿，她见冰渐渐化了，便重新装了一袋：“你不去，我怎么放心？”

“那也行，我给父亲打一个电话。”我不愿让她担心。

母亲把她手机递给我，我打了过去，却没有人接，于是就给父亲发了一条短信。当天晚上父亲就来了，带了几盒活血化瘀的药膏。

“我才看到短信。”他把药膏交给母亲，坐到我旁边，说，“把脚踝给我看看。”

“别看了,我现在一动就疼得厉害。反正明天就去医院了,听医生怎么说。”

父亲说:“那也行,明天我一早就来。”他刚跨出门槛,又回头叮嘱道,“也别去上班了,等会儿我给你们社长打个电话,替你请个假。”

第二天,父亲果真早早就来了。我还没有起床,他在客厅坐了一会儿,又和我们一起吃了早饭,便扶着我出门。那天医院的人很多,他一路上扶着我上上下下,又生怕我被别人撞到,自己却累得满头是汗。

拍了片子后,父亲从包里拿出一瓶水,一口气就喝完了。我们坐在取片子的房间外的凳子上等,里面的医生挨个儿叫着外面患者的名字,他们进去后,有的人迈着轻松的步伐走了出来,而有的人却满面愁容走了出来。我不忍再看,便拿出手机玩儿。

过了许久,终于等到我们了。父亲说:“你坐着别动,我进去。”

他很快就出来了,看着他的脸,我就知道没什么大碍。

“医生怎么说?”

“没什么大碍,不过你需要在家静养一个月。”

“一个月?”我侧过脸,任性地说,“不行,我要去上班。”

父亲把拍的片子装好,继续扶着我往家走。我们穿过走廊,到了一楼,迎面碰到了陶玥。

“你怎么来医院了？哪里不舒服?”我问她。

“你怎么了?”她反问我。

“昨天摔了一跤,伤到脚踝了。”

没等她继续问下去，我就快速地告诉了她，医生说了没事，休息一段时间就好了。

她点点头："没事就好。"

然而，我却从她的脸上看到了慌张。

"你怎么了？"

"我母亲身体不舒服，我现在没时间细讲，晚上给你打电话。"说完，她和我父亲道了别，匆匆上楼了。

到家后，母亲见了父亲就问："没什么事吧？"父亲对她重复了一遍医生的话。她听后，脸上的表情立刻放松了，嘴里还念叨着："没事就好，没事就好。"

我一直在等陶玥的电话，心里十分不安，到了晚上七点，我等得有点儿不耐烦了，便直接给她打了过去。电话响了好久才接，一听她的声音，就知道她刚哭过。

"你怎么了？"

我仿佛能感觉到，她拼命地抹着眼泪，压低声音说："林学，我该怎么办？我母亲得了胃癌，所剩的时间不多了。"

说完，她又哭了起来，嘴里还说着："我太粗心了，这么长时间了，我都没发现她身体的不适。都怪我啊，都怪我啊！"

"你先别这样！"我不知道该怎么安慰她，"那有没有后续的治疗？"

她一直在哭，没有回答我，过了许久，哭声减弱了许多，最后才回答我说："没有，医生让我们回家，一切都无济于事了。"

她咳了几声："我在外面给你打的电话，刚才母亲在喊我，我先回去了。"

我把电话放在一旁，心里也为陶玥感到难过，为她担忧。她很小的时候就没了父亲,如今母亲也得了重病,这叫她以后的日子怎么过啊?

我到客厅,拿了放在桌子上的药,往脚踝处涂。外面的风透过餐桌边的窗户吹进来。我想把窗户关起来,于是便走到窗边,低头看了看小区的灯,有暗红,有昏黄,还有墨绿,点缀着这单调苦涩的人生。

突然,我发现楼下有一个身影,倚靠着一辆车,抬头向楼上张望,这个姿势一直没变。漆黑的夜色中,他的身旁有一点火红的光,也许是香烟,可是我没见他吸一口,就扔掉了。他就这样望着,望着……他是谁呢?他在看谁?这个身影为什么这么熟悉?为什么我的心跳得这么厉害?

是楚宏,是他!我不会看错,我怎么可能认不出他呢?我想见他。然而,我一转身,脚一用力,那疼痛立刻使我重心不稳,摔倒在地。母亲听到了动静,忙从房间里出来,见我倒在地上,忙问:"怎么了?怎么又摔跤了?"

她把我扶到座椅上,我自己却要站起来,母亲搀着我问:"你要去哪里啊?"

"你快扶我起来。"我着急地说着,想到窗户边再看一眼,不要弄错了,成了空欢喜。

当我再朝楼下看时,那儿什么都没有了,没有车,也没有了那个人。远处一辆车,打着长长的灯,朝小区外驶去。

我回到房间,躺在床上,心里一直难过着,为没有见到他而难过。而转念一想,或许他只是一个痴情的人,在看着自己可望而不可即的爱人。他不是楚宏,夜色里火红的光和被扔掉的烟头,让我想起,楚宏早就把烟戒掉了。

腿伤好了许多,肿痛也消失了。家里放着各式各样的水果,都是费尔和叶洁买来的。他们在我没去上班的第三天,跟着何成轩一起来到我家。我之前没得到过这么多人的关心,心里一下子有点儿不适应。

我打了电话给父亲,让他去超市买点儿东西,再带我去看看陶玥。父亲却说他在外地出差。我又联系了何成轩,幸好他没什么事。那天下午,他带着我到了陶玥家。

我已经很久没来过陶玥家了,上一次来还是初中的时候。她家的院子中有一棵杏树,以前每到六七月份,陶玥都会给我带几个熟透了的杏子,又甜又香,非常好吃。

如今的这座房子仍和我记忆中的一模一样,只是墙面旧了许多,墙脚的小草顽强地伸出头来。走进院中,满树的杏花,非常好看。

坐在门口的是陶玥的母亲,她瘦得我已经认不出来了。见到有人来了,她笑着说:"你来了。"我走上前去,她盯着我左看右看,想知道我是谁,终于笑着说:"林学啊,长这么大了。"

"伯母,您好。"

"进家坐。我怕冷,所以在外面晒晒太阳。"

"不进去坐了,我们也坐在外面。"

我进屋拿了两个凳子,何成轩把买来的东西放进屋里。

"来就来,买什么东西?如今,我什么也吃不了了。"她那伤感与绝望的语气,让我深感人的脆弱。

"要的,要的,不光有你的东西,还有陶玥的。她那么忙,买点儿吃的让她补补。"

“陶玥苦啊,她最大的幸福就是能有你这样的朋友。”她摸着我的手,又缩了回去,擦着眼泪。

“对了,陶玥人呢?”

“学校有事,她去处理一下,等会儿就回来……”她断断续续地说着,“以前她住在学校,一个星期回来一次。自从我去医院做了一次身体检查,她就每天回来,一来一去需要两小时。我让她别回来,她说她要陪陪我。我问我得了什么病,她却说没事,可是我懂啊,我不糊涂……”

她说着说着,眼泪又掉了下来。院里的杏花落了一地。我说:“您还记得吗,我爬过这棵树,还从上面摔了下来。”

“记得,记得……那个时候杏子还是青的,酸得不得了,你和陶玥嘴就馋了。”

说着大家都笑了。陶玥从外面进来,我向陶玥介绍了何成轩,她笑着问了好,便走到房间里,我也跟了进去。何成轩跟伯母聊起了天,他会说话,只听到两个人不停地笑。

“学校很忙吗?”

“我是班主任,没办法,学校给我减了一个班的课,可是每天还是很忙。”

她和她母亲一样,都瘦了很多。不知是不是光线的问题,我看她的脸色很不好,蜡黄得吓人。

“你也要照顾好自己,你要累垮了,伯母怎么办?”

她笑着说:“我没事。你呢,伤好了吗?”

“好多了。只是走起路来还是有点儿疼。伯母呢?最近情况怎么样?”

“唉,还能怎么样……”

她从客厅拿了一个围裙:“今天别走了,留下来吃饭。”

“不用了,我们来看看,等会儿就回去,你别忙活了。”

她走到客厅,看见地上的一堆东西,就问:“你们买的?”

“嗯。”我站在她的书桌边,拿了一本伍尔芙的《达洛维夫人》,随手一翻,里面竟夹着一张照片,是她和陈哲的合照。两个人都穿着白色衬衫,依偎在一起。

我听见她的脚步声,忙把书放好。我转过去,对她说:“时候不早了,我们也该回去了。”她扶着我走到院子中,何成轩和伯母还在说着话,两人脸上都挂着笑容。我对何成轩说:“走吧,我们回去吧。”

“不留下来吃饭吗?”

“不了伯母,下次我们再来看您。”

她站起身来,因为长期无法正常进食,再加上太阳一直晒着,人有点儿晕,差点儿没站稳,幸好何成轩在后面扶住了她。

站在院子中,杏花随风飘落了我一身,想起曾经感叹草木有心,如今却觉得它们薄情。

一个月后,我去上班了,带着新的热情投入工作中。叶洁兴奋地告诉我:“根据我们的采访出的稿子,获得了情感类文章第一名,我们每个人有两百元的奖金。”下午,她来到我跟前,笑着说:“明天我们去春游吧?”

“我不想去。”

“你的脚还没好?”

“不是这个原因,我没心情。”想起陶玥,我没有出去看山水花草的雅兴。

叶洁蹲在我身边："求求你了！去吧，去吧！"

"你和黄有庚一起，何必要带上我？"

"那样我会尴尬的。你必须去，作为我的好朋友，你有义务为我的爱情负责。"她拽着我的外套，不停地晃着我的手臂，弄得我没法儿写东西。

我叹了口气，她一脸哀求地看着我，眼睛不停地眨着。我被她逗笑了："你的爱情我要负责，你的婚姻大事是不是也要我负责？我成了什么人？媒人还是家长啊？"

"你是什么都行，只要你答应我。"

我拗不过她，只好答应了。

我们去的地方是一个森林公园。以前我弄不懂这个概念，森林是原始的，公园是人工的，两者怎么能混在一起呢？后来我才知道，所谓的森林公园，主要是以大面积天然林为主体建设而成的公园，其主体景观仍为自然景观。

来之前叶洁就详细地对我说了这个森林公园的种种好处，我虽是本地人，却也没去过那个地方。据叶洁说，那里有游乐场、动物园，还有农家小院，在那里可以点菜，也可以自己烧烤。无聊的人可以钓鱼、划船。她说得天花乱坠，我无动于衷。她气得做出要掐我的动作，我忙说："我很期待，真的呢！"

第二天上午，我们忙完一天的工作已经快十一点了，这才向主编请了假。一开始主编听说请假，心里就不痛快，但是又听到我们已经把一天的事情都做完了，还是勉强给我们开了假条。原本定的是一场三人游，出了杂志社，在门口看到了费尔，于是也把他给带上了。

没想到费尔与黄有庚的关系很好，两个人一路上说个不停，什么政治，什么新闻，这种在我们看来十分无趣的话题，对于他们却是谈天说地的好材料，搞得我和叶洁倒成了陪衬，只能在一旁听着。

“去把费尔支开。”叶洁对我下了命令。

我走到他们中间，用肩膀撞了一下费尔，费尔很聪明，明白了我的意思，便装模作样地说：“对了，我想起来了，我还有一件事情要单独跟你说。”接着，便和我走到了路的另一边。

叶洁自然地走到黄有庚身边，开始和他聊天

“你的脚要不要做一个复查？”费尔问。

“不用。”

他从口袋里拿出一张纸巾，擦了擦鞋面上的灰：“你还记得我们在咖啡店里的谈话吗？”

“你指的是……？”

“你有喜欢的人了？”

我本不想谈这样的话题，但是他问得那么严肃，我似乎没办法拒绝：“是啊！”

“他在哪里？我为什么从没见过他和你在一起？”

我把手放在心脏的位置，笑着说：“在这里。”

他把纸巾揉成团，扔进路边的垃圾桶里：“你们分开了？”

“对，因为他的父母不同意。”

“他是一个很好的男人，对吗？”

“你怎么知道？”

“因为我也喜欢你，你很容易被一个男人爱上。”

我朝前方望去，听到叶洁几声清脆的笑声：“你不该说出来的，也不该喜欢我，这样的感情很难有好结果。”

"你很爱他?"

"你别问了,好吗?也许,我这一生都会这样孤独地度过。我会一直爱他,从爱他的那一刻开始,到我再也没有思想、没有呼吸。你明白了吗?"

他突然伸手,把我抱在怀里,我挣脱着要推开,却又不敢动作太大,害怕走在前面的叶洁和黄有庚回头看到。

"你别动,就十秒钟,好吗?"

我不知道这十秒钟费尔在想什么,直到他松开手,对我微微一笑:"我希望你能够记住我。"

"当然,你是我的朋友。"我快步走到叶洁身边,笑着问,"在聊什么?"

黄有庚说:"在说我的家乡,那里的树都比这儿的高。"

我抬头朝他指的方向看,太阳照得我睁不开眼睛。又走了一段路,我感到累了,脚底隐隐作痛。叶洁见我跟不上大家,便说:"大家走慢点儿。"过了半个小时,好不容易到了叶洁说的农家小院。走进去后,几个中年女人迎了上来,问我们是点菜还是烧烤。叶洁挡在我前面:"都要,都要。"我看到院子里还有一个小小的亭子,便走过去坐了下来。她到我跟前说:"是不是脚疼了?"

"有点儿不舒服。"我回答道,然后倚在柱子上,暖暖的春风拂过脸庞,让人昏昏欲睡。亭子下面有一个水塘,周围全是古老的大树,有的甚至弯了腰肢,叶子都垂到了水里。几只小鸭子在水草间捉迷藏,不时发出嘎嘎的声音。

黄有庚、叶洁忙着烧烤,费尔好奇地看着一位老人,看他如何用糖稀做成蝴蝶、小猴,甚至小女孩的形状。他不仅对中国的东西好奇,而且好学,什么都想尝试。我听到他对那位老人说:"能教我吗?”

“不行,不行。”老人一边熟练地将糖稀倒在铁板上,一边对他挥手表示拒绝。他又央求了几声,可是老人的态度丝毫没有改变。他觉得委屈,就来到我跟前坐下。

“他真小气!”他生气地对着老人说。

“你也别怪他,这种手艺都是祖传的,若要传给外人,你就要拜他为师。说不好,还要弄一套三跪九叩,不学也罢。”

他听了之后,心情似乎好了许多:“我去看看叶洁,烤得好香啊!”他探着头,闻着空气中的香味。叶洁端了一盘烤好的青椒、茄子,还有鱼片,放到我面前。我不想吃,对叶洁说:“你去帮我拿一瓶水,这些东西让他们吃吧。”

下午,黄有庚、费尔要钓鱼,叶洁带着我绕过这座小院,看到了一片花海。走进去后,浓郁的香气让人陶醉。紫色的丁香、白色的玉兰,还有五彩缤纷的郁金香,都竞相在这温暖的春天里一展姿容。

结束了那天的旅行后,我暗暗在心里发誓,这一年里我不会再去任何地方,看任何风景。旅行是好的,看山看水也是好的,可是那些山水花草虽然美丽,却激不起我对它们的喜爱,我唯一的体会就是疲惫,身心俱疲。

叶洁倒是很开心,终于完成了她的心愿。我对她说:“你这样下去有什么意思吗?告诉他,告诉他,怎么说你都不听,不去做。渴望着一丁点儿和他相处的时间,要不就是远远地看他,你不觉得委屈吗?”

她被我这么一说,原本堆满笑容的脸上一下子没了表情,然后坐到椅子上发起呆来,眼睛还是朝着黄有庚的背影望,眼神里有种终生不可触及的遗憾。我不知道他们之间发生了什么，但是叶洁的痛苦、绝望，让我明白他们之间肯定有事儿，只是这件事我还不知道。

一次午饭时，当我埋怨食堂的青豆难吃的时候，叶洁说："我对黄有庚说了。"

"说了什么？"我耐心地将青豆从汤里夹出来。

"我喜欢他啊。"

"真的？"我变得很惊喜，"什么时候说的？"

"在你请假的那段时间里。"

我抿着嘴，等着她下面的话："他什么也没说，只是说了一句'我们不能在一起'。我问他是不是已经有女朋友了，他说不是。"

叶洁喝了一口饮料接着道："当我知道他不喜欢我这个事实后，他又说了一句'我什么也不能给你，爱我会很苦的，别爱我，永远都别爱'。我不懂他的话，当时脑袋里空空的，像一个气球，什么都没细想，直到最后，我说了一句'既然这样，还是继续做朋友吧'。"

她说了这么一大堆话，突然问我："他说的是什么意思？不能给我什么？我难道问他要什么了？"

我摇摇头，表示自己也不懂。

"那次遭到拒绝后，我还是放不下对他的想念，也希望如往常一样，能和他聊天，很好地相处。所以我决定安排一次春游，顺便考察一下他，是不是心里没有任何的尴尬，是不是真的愿意和我做朋友。"

我笑道："你心眼儿还不少呢！"

"有吗？若是心眼儿多，我也不会想不明白他的那番话了。"

我看她盘里的饭菜都没动，又看了看黄有庚固定的吃饭位置，问："他今天没来上班？"

"是啊。我问过了，他请了三天假。"

"那你后悔向他告白吗？"

"不，如你说的那样，我给了自己一个交代，心里很舒服。"

我端着餐盘交给了收餐盘的阿姨，叶洁也跟着过来，苦苦思索着黄有庚的那段话，又快步走到我面前，拦住我问："他真的不喜欢我吗？"

我扑哧一笑，心里又觉得她说得有理，黄有庚好像有什么难言之隐。

当时，我没有告诉叶洁我的想法，只是笑着说："对，我们叶洁又美丽又活泼，没有男人不喜欢的。"

在一个星星还没落下的早晨，我像往常一样起床，帮着母亲做家务，吃完早饭，准备去上班。

"昨晚下了点儿小雨，今天温度不高，你要不要带件外套？"母亲问。

"不用。"我走出家门，刚到楼梯口，就看到一个女孩坐在那里，头埋进自己的手臂间，不知道是在想事情，还是睡着了。我悄悄走过去，才发现她的头发、衣服都湿了。

"林学。"我走到她身边，她突然叫了我一声。

"叶洁？"她的头发遮住了脸，但是声音很熟悉，"你怎么坐在这儿？"我拉她起来，冰冷的袖子贴着她的胳膊。

"我昨晚没回家。"

"为什么啊？"

她站了起来，却没站稳，大概是坐得太久腿发麻的缘故。我说:“我家也没衣服给你换,你快回去换件衣服,不要感冒了。有什么事咱们待会儿再说。”

“没事,你陪我走一圈。”

我们绕着小区的外围转,幸好太阳升了起来,温度渐渐高了。

“发生什么事了?”

“我昨晚跟踪黄有庚了,他带着一个女人回了家,一晚上都没有出来。”她突然很激动,“他骗我,明明有了女朋友,却不告诉我。”

“你先别激动,或许那个女人是他的亲戚或者朋友呢?”我一边回答她的话,一边看着路边有没有出租车,好送她回家。

“我不知道,我好难过,我在他家外面,一直坐到四点多钟,心里想的尽是恨他、骂他的话。我走到大街上,却没了方向,直到下了雨我才回过神来,发现到了你家小区门口。雨下大了,我无处可去,就跑进了楼道里躲雨。”

“你正好跑进的是我家的这栋楼,你上次来过,还记得吗?”

她摇摇头,甩了甩湿透了的头发。

我对着一辆车子招了招手,她说:“你回杂志社吧,顺便帮我请个假,我想休息一下。”

叶洁在家休息了两天。在她回来上班的前一天,我碰到了黄有庚。下午他突然来问我:“叶洁呢?一天都没看见她了。”

“你还关注她?”

他似乎从我的口气中听出了什么,问道:“怎么了?”

“我问你,你对叶洁到底是啥态度?”

“叶洁跟你说了?”

“对。”

他笑了笑,低声说:“你看看我身上的衣服,原本它的颜色是深蓝色,如今被洗成了淡蓝色。你知道为什么吗?因为我已经穿了五年了。五年来,我没买过一件衣服,身上穿的衣服一百元两件,一穿就是四五年。你说,我有资格谈恋爱吗?我能接受她吗?”

下班后,他带着我到了他住宿的地方,那是一间租来的民用房,屋子是利用楼墙的一面额外搭成的。屋子里坐着一个女人,不停地咳嗽。黄有庚介绍道:“这是我姐姐。”她大概就是叶洁看到的女人。狭小的房间里放着两张床,其中一张是用砖头垒成的,上面放着木板,一看就知道是临时用来应付的。

他和我走了出来,他的姐姐不停地咳嗽。他说:“我今年二十八了,一无所有。家里有两个弟弟要读书,姐姐生病,父亲、母亲种着几亩地,连正常的生活都维持不了。我每个月省吃俭用,把大部分的工资寄回家。我没有钱去谈恋爱,去给一个女人想要的生活。”

“叶洁不会在乎的。”

“我在乎。如果爱情是一个目标,在追寻爱情的路上,没有物质,没有满足,那么这个目标就永远不会实现。”

我们沿着一条未修完的路一直往前走,由于昨夜下了雨,许多地方有积水,我的鞋子不知不觉都湿透了。

他把我送到马路边,我坐上迎面而来的公交车,车里人很少,因为这个地方比较偏。稀稀落落的几个人,有的玩手机,有的看书,做着自己想做的事情。他们是多么幸福,在这宁静的氛围中,高兴地对着屏幕微笑,会意地对着书中的某一个章节连连点头。世间有多少人会这样幸福?我们总在某个时刻,身不由己地丢掉自己不愿而且不忍舍弃的东西,因为我们渺小得无力抓住。

黄有庚在一个月后辞了职,跟着他的姐姐回了东北老家。在临走的那天晚上,他找我吃饭,却没有通知叶洁。那个夜晚,我们没有说什么话,大家都沉默着想着心事。终于,在分别的时候,他笑着说:“你知道吗,我很爱叶洁,她是我见过的最漂亮而且对我最好的女孩。”

在很长的时间里,我都没有把这句话告诉叶洁,怕她伤心。我依然记得,在黄有庚离开的那段时间,叶洁是哭着度过的。她一边骂他,一边说想他。

然而,就在她的心情好点儿的时候,我还是将那句话一字未减地告诉了她。她听了之后,没有像我想象的那样大哭一场,而是沉默了很久,然后问一句:“真的吗?”

我点头,她微笑。

原来,对她来说,只要爱过,就足够了。

我如今也是这样想的。

二十　谢谢你曾经爱我

我照常会买一点儿东西,隔三岔五地去看陶玥。每次我都会在她家坐一坐,和她聊聊天。她一见我就哭,我不知道对她说些什么才能让她放松一点儿,或者奢望她能开心一点儿。有时候陶玥不在,我就和她母亲聊天。她的力气越来越小了,每说一句话都要积蓄好久的力气。她不能聊天,却爱有人陪在她身边。我会说一些我和陶玥小时候的事,她听了会点头,会微笑,也会发愣,似乎在回忆这些往事是不是真的发生过,是她记错了,还是我记错了,想了半天,然后恍然大悟,做出一切都明朗的表情。

她说她明白自己身体的状况。有些时候,我会在想她在想什么,她会不会有些害怕,这个世界上有她带不走的眷恋。她望着陶玥,无力的眼神中依然有对活下去的向往,有对女儿的不舍。

在她生命最后的时间里,她已经什么也吃不下去了,只能靠医院的营养液维持着生命。她是在六月的最后一天去世的,那天下着小雨,让人觉得清冷。

她留在世上最后的神情,是那么坦然,又带着一丝慌张。她的一生曾担负着太多的风雨与孤独,所以临走的时候,才显得平静与从容。然而,她留在世上的女儿让她最终无法了无牵挂地离开。

那几天，我竟然很少看到陶玥哭，她向每一个来吊唁的人表现出她的坚强，然而这样的坚强，是花了她所有的力气的。直到黄昏时分，所有人一个个离开后，她坐在家中的沙发上，痴痴呆呆地看着她母亲的黑白照片，终于掩饰不住内心的伤痛，仰面哭了起来，嘴里一直喊着她叫了二十多年的母亲。不知过了多久，也许是太累了，她站起来，走到卧室的床边，鞋子也没脱，倒下去，沉沉地睡了。

八月中旬的一个星期天，我不上班，本来约着陶玥出来吃饭，她却说晚上要帮学生辅导作业，没有时间，改天再说。母亲和别人去逛街了，我一个人只好在家看电视。

七点半的时候，我听到有人在按门铃，打开门，原来是费尔。

他站在空调前，吹了吹冷风，吸了几口冷气，站到我面前，整理了一下自己的领带。我才发现，他今天穿得很正式。他笑了笑说："我喝了一点儿酒，有点儿燥热。有冰水吗？"

我从冰箱里拿出一瓶矿泉水。他咕咚咕咚喝了几口，又自言自语道："这下好多了。"

"你怎么了？哪里不舒服？"我问。

"没有，一切都很好。"说完，他又低下头，"我要和你说一件事。"

"你说。"我面向他坐着。

"我提前一年毕业了，父亲让我回法国。"

"他要你回去继承家业吗？"

"是的，他近来身体不好，很想念我，希望我回去帮帮他。"

“这很好啊！只是你母亲那边，你怎么交代？”

他抓住我的手，手心很烫：“你告诉我，你希望我留下来吗？”

我将手从他的手中挣脱出来：“我不想为你做什么决定。”

“我可以为你留下来，只要你愿意。”

“费尔！”我不禁提高了声音。

他重新坐好，嘴里轻轻地说：“就在第一次见到你时，在你身上，我看到了一个世界，一个我从来没有见过的世界，那样美好、神秘。我多想走进去……遇见你，我发现了自身的意义，能认识你，是件太开心的事情。我不止一次地想，有一天，你能穿过黑夜，带着一脸的微笑，走到我身边。如果这一切都能实现，我的人生将再没有遗憾。”他将剩下的水喝完，“我考虑了很久，想要告诉你我很爱你。只是，你心中早就有了一个人，他牢牢地占据着你的心。当然，我想把你从过去的爱情中解脱出来，想让你靠近我，但是我失败了。就在今天，我再一次尝到了这种失败的滋味。”

他坐直身子，看着我：“我不会再有机会了，不会再有了……其实，我早就知道，我只是想给自己更多离开的理由，不带有任何留恋地离开。”

说完他就走了，我一直坐着没动，想了想和他相识的过程，他在我失落与孤寂的时候，给了我许多关心与爱意。然而，我始终把这一份情谊放在友情的位置上。我不爱费尔，这好像是不可改变的，像命运一样。很多次，当他站在我身边，和我说话，陪我聊天，可是我的思绪总在楚宏身上徘徊，不自觉地把他冷落。

九月初，费尔要回法国了，我去机场送他。他戴着一个鸭舌帽，穿着短袖衬衫、牛仔裤，他的身边站着一位和我母亲年纪相仿的女人，她穿着一条花色连衣裙，很漂亮，应该是他的母亲。

他笑着和我说："我走了！"然后调皮地看了一下手表，又说，"还有一个小时你就看不到我了。"

"不会的，记得常来中国玩儿。"

他母亲说道："是啊！常常来，知道吗？"

他答应着。一个小时过得很快，他走上前，和我抱了抱，又和他母亲吻了一下，转身离开了。我想象着遥远的法国，一个浪漫的国度，那里有一个叫巴黎的地方，曾经我认为那是一个充满爱情的城市。在那里，他会遇到一个人，给他爱情，给他人生的意义，和他浪漫地度过一生。

在他离开的一个月里，我突然间觉得身边少了很多人。想起昔日的朋友，一个个都在天南地北生活着，突然想知道他们的消息，想知道他们过得好不好。漫长无聊的工作，已经让我有了厌倦的感觉。母亲说："过两天就是国庆节了，你可以出去玩儿玩儿，找朋友聚聚。"

于是，那个晚上，我拨通了韦鸿光和齐颜的电话，告诉他们我要去南京了。

在南京中央门汽车站，我看见了韦鸿光。他好像有点儿胖了，眼睛在阳光的照耀下眯成了一条缝，齐颜远远地向我挥手。我们朝对方走近，韦鸿光伸手接过我手里的行李说："路上……"话还没说完，齐颜却挽起我，拉着我往一边走，似乎是为了打断韦鸿光的话。我看了一眼韦鸿光，感到了两人感情微妙的波动。

"怎么样？路上还好吧？原以为你会十二点到的。"

"国庆人多、车多，堵了好几次。"我们走在前头，韦鸿光一言不发地跟在后面。

“你们放了几天假?”我放慢脚步,对韦鸿光说。

“三天。”

“那我就玩三天,打扰你们了哦。”

“没事,我放七天假。”齐颜说,“你多玩几天也行,别那么早回去。”

“你们不是在一个地方上班吗?”我问。

“我早就辞职了,工资那么低,让人怎么活啊!”齐颜不满地放大声音,故意让韦鸿光听到,“要面子有什么用,有什么不好意思的!”

我听得云里雾里,却也没有多问。出了车站,打了车,很快到了他们的房子里。房子不大,有两间卧室、一个厨房、一个卫生间。客厅很小,只能容下一张餐桌、几把椅子。齐颜指着一个卧室笑着说:“这是你的房间,听说你要来,特地给你换了新被套、床单。”

我笑着说:“谢谢你。”

我们两个坐在床边聊天,韦鸿光说:“我去买点儿菜,林学坐了一上午的车,一定饿了。”

他出去后,我白了齐颜一眼:“瞧你,对韦鸿光有什么意见啊,说起话来冷嘲热讽的。”

齐颜打开一袋瓜子:“你也别怪我。”

“说说,你怎么辞职了啊? 两个人在一起不是很好吗? 一起上下班,也有人照顾你。”

“那个工作工资太低了。”她递给我一瓶水,“当初那个工作是他父亲介绍的,我嫌给的月薪少,所以商量着和他一起走,到别处换个工作。可是,韦鸿光碍于是他父亲帮忙找的工作,欠了别人的人情,不肯走。你别看他脾气好,固执起来你连一点儿办法也没有。为了这事儿,我们闹得很不愉快。”

“然后,你就一个人走了?”我问道。

“是啊!我换了新工作。”她捡起地上的瓜子壳,扔进垃圾桶,继续说着,“工资高了点儿,只是平时太忙了,常常加班。”

“你很要强,肯定不会在韦鸿光面前说一个累字。”

她笑着拍了拍我肩膀:“还是你了解我!不过呢,这个公司还挺正规,国家规定的假期一天也不少。接下来,我可以好好放松休息了。”

韦鸿光从外面回来,一头汗,淡蓝的T恤湿湿地贴在身体上。他打开电风扇,又用冷水洗了一把脸。不一会儿,一碗西红柿鸡蛋面就做好了。他喊我出去吃,自己则把刚买的西红柿、鸡蛋放进冰箱。我笑着说:“你们的冰箱怎么这么空?”

“我一般不回来吃饭,他也就在公司凑合吃。”

我端起碗,想喝一口汤,觉得烫,又放下。齐颜背对着韦鸿光说:“咱家没勺子吗?”

“有,在厨房的柜子里,你去拿一下。”

齐颜从厨房空着手出来:“在哪里啊?柜子里没有。”韦鸿光关上冰箱门,忍不住说了句:“连个东西都找不到吗?”声音很轻,可是我听得很清楚。他走进厨房,齐颜跟了进去:“你这句话是什么意思?你觉得我没用?”

“我不敢。”

“再没用,也比你强。我说了,再这样下去,你那点儿可怜的工资只够我们吃泡面了。”

我接过勺子,韦鸿光说:“好久没用了。”他不理齐颜,一个人进了房间。那一碗西红柿鸡蛋面，却和往日的味道不同。

整个下午，房子里安安静静的，可是这一份安静却让我感到害怕，不知道何时就会迎来平静后的暴风雨。晚上，我们在外面吃了饭，又在城里逛了逛。我第一次来南京，所以总想多走走、多看看。在他们小区的广场上，十多个小女孩在跳天鹅舞。她们看起来只有五六岁，可是彼此之间的配合却十分默契，步调一致，动作优雅、轻盈。她们的周围是一个半圆形的栀子花花坛，黄色的灯光洒在绿油油的叶子上，我突然想起我杜撰的关于栀子花的故事。那个听故事的人，此刻你在干吗呢？

回来后，大家轮流洗了澡。我站在窗户边，习惯性地朝远处望，越远的地方越是模糊。镶着金边的月牙在灯火中显得无力与苍凉。陌生的床让我失眠，便只好从包里拿出书来，安静地看着，隔壁的两个人也无声地沉默着。

三天后，韦鸿光去上班了，只有我和齐颜待在家中。我们两个人懒得做饭，一直出去吃。在楼下的餐馆里，服务员热心地推荐着他们的招牌菜，可是齐颜好像有心事，一直朝门外看。

“你在想什么？”我说。

“我在想，我要不要离开这个城市？”

“为什么要离开？”我接过服务员送来的鲜榨果汁。

她拿着果汁猛喝一口：“昨晚，他连一句话都没和我说。无话可说的爱情，还有继续的必要吗？”

“你就不能把姿态放低一点儿吗？什么事都要听你的，谁受得了啊？他不愿意离开，你就随他呗。”

她白了我一眼：“他一个大男人，挣得比我少，他不觉得他自己很没用吗？”她停了一下，好像是把到了嘴边的话又咽了回去，

“我需要的就是一个可以无限包容我的人，我不想为任何人改变。”

她几乎什么也没吃，走出餐馆，默默地在街边晃来晃去，好像一个迷路的孩子。

或许，她觉得冷落了我，便问我楚宏的情况，我说自从去年分开后，就再也没有见过。

韦鸿光下班回来后，洗完澡，吃了点儿夜宵，和我聊了几句。

他们不再和对方说话，之后的两天里，谁也没有理过谁。

感情是一个神秘的东西，让人捉摸不透。本以为韦鸿光和齐颜会天长地久地在一起，毕业的那天不就是这样决定的吗？可是，他们之间开始沉默，这样的沉默使他们的爱情残喘着，维持不了多久了。

和他们待在一起，我也感到压抑。那没有生机的爱情，好像能把每一个人都弄得疲惫不堪。于是，在齐颜上班的前一天，我便回来了。

二十一　雨夜的玫瑰

十月中旬的时候，杂志社开办了一个情感专栏，专门解决读者的情感问题，每一天我们都会收到无数留言与信件。社长把我叫到办公室，停掉了我手里的所有事情，吩咐我："你就专门在网上回答他们的问题。记住态度要好，不能尖酸刻薄，不要给杂志社惹上不好的名声……"他突然觉得自己说的话有些不合适，又笑着说，"你们年轻人，耐心差了点儿，容易着急……不知道你愿不愿意干这事儿。"

我一听，心里当然乐意，本来每天的工作都很无聊、烦琐，写稿子都有格式与语言的束缚，不要我做，我求之不得呢！再说，回复网友的情感问题，每天都可以看到来自四面八方的人的感情问题，也挺有趣。我对社长点点头，表达了自己能做好这份工作的决心。

当我写完最后一封信时，已经深夜一点了。我朝窗外望去，脑海中想着刚才一位读者的来信。信中一个叫小薰的女孩问道："我爱上了一个比我大十岁的男人，应该怎么办？父母快要气死了。"

我喝了一口茶。夜间回信，我总习惯放一杯茶在身边，困的时候喝一口,以保持清醒。在信中我告诉她:“我也不知道,只是人们喜爱用常规的眼光来看待这个世界,因此这条路你将走得很艰辛。”

我拿起手机,才看到陶玥在十点半的时候给我发了条短信,内容是:“明天晚上有时间吗?见个面。”

我已经好久没有见过她了,在过去的三个多月里,我找了她好几次,她总是以各种理由拒绝,好像是为了故意把自己隐藏起来。自从她母亲去世后,她的生活圈子越来越小,整天待在学校的教师公寓里,家也很少回,更不愿意和朋友往来。

我去她的学校找过她一次,她穿着一件白色的长款毛衣,让人觉得又瘦了许多。她的对面站着一位三十多岁的女人,好像在与她说着什么,脸上的表情很严肃。陶玥只是低着头,默默地听她说,偶尔回应一声。我站得有点儿远,一点儿没听清。最后她点着头,微微弯腰,应该是在道歉。

等到那个女人离开后,我走到她身边:“怎么了?”

“你什么时候来的?”她被我突如其来的话吓了一跳。

“几分钟前吧。”

她往走廊外边走:“你都看见了?真不好意思。”

“发生什么了?”

“那是一个学生的家长,昨天她的孩子作业做得很差,我把他叫到办公室,用手指点了他的头。今天,这个家长来学校对我说,我昨天打了她孩子的头,孩子早晨醒来后觉得头疼……”

她和我来到学校的操场:“可是我没打那个孩子啊!”

“肯定是那个孩子说谎,现在的孩子可淘气了,你别放在心上。”

“我不知道,真的不知道,我每天都很恍惚。”她说着,焦躁不安地搓着手,嘴里又喃喃道,“或许我打了他,我自己都忘了。”

我们在操场走了一会儿,一阵铃声传来,她镇静了一下:“我该走了,下面还有一节课。”她往前走了两步,又转过头来说,“哎呀,书本还在办公室。”她加快了脚步,嘴里还念叨着,“你看我,你看我,怎么变成这样了?”

我一直等到她下课,学生都放学回去了,她坐在讲台旁边的椅子上,一边喝着水,一边发呆,不知道在想什么。我走进教室,她抬头看到我:“你没回去?我以为你走了呢!”

“你身体还好吗?有没有哪里不舒服?”

上完课后,她已经没力气了,不想多说话,只是摆摆手,示意我她一切都好,然后又进入了沉思的状态。大约十分钟后,校园里的人差不多都走了,她站起来,把书上的粉笔灰掸干净:“走吧,我们去吃午饭。”

我想让她吃得好点儿,便拉着她朝校门外走去。学校外面有许多饭店,我点了好几个菜。她没什么胃口,但是为了不辜负我的好意,也吃了不少。不知是由于空调温度太低,还是她身体有些不舒服,她从包里拿了一件外套,披在身上。

“要不请个假,休息休息吧?”我说。

“没事。”她用双手把自己抱住。

“你这样让人很担心。”

她把眼前的盘子往餐桌中间推了推,对我温柔地笑了笑,想让我再吃点儿:“我也不知道是怎么了,母亲离开后,我一直都睡在过去里,我不敢让自己醒来,醒来后的世界,我无法面对。”

“你终究是要面对的。”

“我知道,但是当我想起母亲一生的辛劳,当我清楚地知道,这个世上再也没有一个人像她那样爱我,再也看不到她时,我就觉得我活着没有意义了。”

“母亲走了,她不会再来,你在想她的同时,应该想着如何打理好以后的生活。我相信,这也是她的心愿,她一定希望你能好好工作,好好生活。”

她苦笑了一下:“她希望?她能看到吗?她再也不会知道我过得怎么样,再也不会知道我的喜悦与苦痛。只剩下我一个人,一个人……”说完,她朝窗外看。窗外一阵秋风吹来,吹得树叶纷飞。

“怎么会呢?我说了,你还有朋友。”

她打断我的话:“那是没法儿代替的。”

“你还可以有爱情。不久之后,会有一个爱你的丈夫和一个可爱的孩子。他们在未来的生活里,都很需要你。所以,现在你一定要珍惜自己,知道吗?伯母是走得早了点儿,你比我们更早地经历了这场离别……”

她突然掩面哭起来,一字一句地说:“我好苦,我好苦……”

第二天晚上,我到了她家,从院中看,她的房间亮着微黄的光。那棵上了年纪的杏树,叶子落了一地。我敲了敲门,却没人来开。又等了一会儿,我打电话给她,她从屋里出来:“我没听到。”

她正在房间里看书,还是那本伍尔芙的《达洛维夫人》,那张和陈哲的合照被放在了一边。

“你很喜欢这本书吗?”

“嗯。”她把书合上。

“为什么?”

“因为达洛维夫人是一个缺乏爱情又无依无靠、没有精神支柱的女人。她和我的处境很像,但是她比我好点儿,她有亲情,我没有。”

“你要从悲伤里跳出来,这样的书别看了。”

她打开书柜,把里面的书一本一本拿了出来,笑着说:“这么多年,我买了不少书,以后也不会看了。你从中挑几本喜欢的,拿回去看,当个纪念。”

“纪念?”我听到了一个很刺耳的词。

她笑了笑:“是我的东西嘛,你看了不就会想起我吗?”

“你要去哪里?”

她把书一本本摆好:“哪儿也不去,逃到哪里都没用。”她向我招手说:“来看看,喜欢哪几本?”

我嘴里念叨着:“《源氏物语》《罪与罚》《日瓦戈医生》《虹》《前夜》。”

“其余的呢?怎么全挑外国的?”

我从一堆书中把这几本挑出来,笑着说:“我喜欢外国的小说,其余的想看的时候再来拿。”

“也差不多了,给你的书你要好好收着,不能借给别人,更不能丢。”

我点头答应:“放心吧。”

她又走到墙边,把窗户关上:“外面起风了,有点儿冷。”

“你最近很怕冷吗?”

她坐回椅子上,把《达洛维夫人》也交到我手上:“这本书也好看,都给你吧。”她回头拿起那张合照,笑着说,“我终于可以心平气和地看着他了。”她目不转睛地盯着照片,“你说,到了这个年纪的人,是不是都要结婚了?”

恍惚间,我才意识到,我们已经毕业一年多了。我说:“差不多吧,现在正是大家结婚的年纪。”

“陈哲也差不多要结婚了吧?”

我一惊:“你知道?”

“我只是随口说说。你呢,打算就这样孤孤单单一辈子?”

“我没想过未来,一个没有楚宏的未来。”

“我希望你过得幸福,不然我们两个也太惨了。”她掩面笑了笑。

“你也是,要过得好。”

她的眼睛红了,仰着头,我只看到她的眼泪挂在下巴上,我把纸巾递给她,她说:“我是不会好了。你是我最好的朋友,你一定要好好的,楚宏虽不在你身边,但是他的那份心是可以温暖你一辈子的。”

“你要相信,你可以拥有比我更好的爱情。”我朝她说。

“是吗?怕是没有机会了。”

那一刻,我知道她对陈哲的爱,就像时间一样永恒地刻在了她的心里。接着我们又聊了聊小时候的事情,说了说这么多年的友谊。她述说往事的口吻,是那么幸福,又带着点儿遗憾、怀念。好几次她都忍不住地哽咽。

从她家出来时已经十一点多了。那天没有月亮,天很黑,一道闪电吓了我一跳。我看不见路,好不容易才走到马路边,心里却突然跳出她刚才说的一句话——怕是没有机会了。这是什么意思呢？仅仅是她执着于对陈哲的爱情，觉得再也不会幸福，还是有别的……我越想越觉得不对劲，正准备转头回去，母亲却打来电话："都十一点多了，怎么还不回来？外面要下雨了。"

我回答她："我这就回来。"

一个出租车司机把车停在我身边："上车吧，要下雨了。"我犹犹豫豫地上了车，只当是刚才自己胡思乱想。

到了小区门口，我下了车。快到家门口时，一辆黑色的轿车停在我家楼下，那是一辆很熟悉的轿车，太熟悉了。我朝车里看，漆黑的夜晚，又隔着玻璃，我看不清楚里面的人。我试图走近，心猛烈地跳起来。母亲在楼下等我，大概是看到了我，便喊我的名字，我朝她挥手。当我走到车头前时，车灯突然亮了一下，很快又灭了，我被吓了一跳，刚刚的熟悉感被这灯光给吓没了。

才到家，雨就哗哗下了起来，玻璃窗户上发出清脆的雨滴声。

"那个黑色的车子，"我心里想着，"是楚宏的吗？他来看我了吗？还是我想多了，如同之前的那个抽烟男子一样，只是望着某一房子里令他心动的姑娘。对，他的车子也是黑色的。"我笑了笑自己："是我太想楚宏了，把所有黑色的车子都看成是他的。"

这场雨下了一夜，到了第二天才停。雨虽停了，可天空却还是布满了乌云。我吃着早饭，又想起陶玥的话，心里感到惴惴不安。于是，我向杂志社请了半天假，打车到了她家。

大门还是开着的，我心里觉得奇怪，无论陶玥在不在家，门都应该是关着的啊。我走进去，一直走到她的房间。陶玥就躺在床上，一条被子盖着她的身体，她脸色很白。我推推她，她没有反应。屋子里的窗户是关着的，温度有点儿高。我坐在床边，抓起被子的一角，却感到一阵潮湿。我将被子掀开，低头一看，她的手臂上有一道模糊的伤痕，鲜红的血染透了她的身体。我摸了摸她的手臂，已经没有温度了。那一刻，我的脑袋一片空白，随即我打了急救电话。医生做了抢救后叹了一口气，无声地摇了摇头。警察来了之后，判断陶玥是自杀。随后的事，在很多年后，我已经记得不太清楚了。只是我走到客厅坐下来的时候，一个人对我喊："你叫林学吗？"

我站起来："是的。"

"这儿有你一封信。"

是陶玥写的。她知道我会来，怕我进不去，所以大门就一直开着。这样心灵相通的朋友，我这一生都不会再遇到了。

信封上简单写着"给林学"。三个字很工整，很漂亮，像她的人一样。我小心地把信封拆开，拿出信纸，里面写道：

林学：

当你看到这一切时，不要害怕，不要悲伤，这是我想了很久之后的决定，并不是一时的糊涂。我希望你带着平静的心情把这封信读完，然后在你的生命中，偶尔将我怀念。说来也是，在这个世上，或许只有你还会记得我，纵然是在很久很久之后，依然将我的名字挂念在心里。

我们从小就认识了，相识了二十多年。只是当我想起过去的岁月，总觉得只有一刹那那么短。你是不是觉得我很狠心，既然觉得已经逝去的时光太快太短，为什么不去走未来的路呢？未来很长，我们可以慢慢走。

是啊，未来很长，长得看不到尽头，就像我所拥有的孤独一样，无穷无尽。我跟你说过我好苦。从小父亲就离开了我,我便跟着母亲一起生活。从那时起,孤独与不安就一直萦绕在我的心头。高三毕业的那个暑假,我谈了恋爱,我的生活因为陈哲一下子明亮起来。本以为此生将告别惶恐,告别那种无所归依的感觉。然而,他也走了。我好想知道我哪里不好,他为什么要离开我,为什么就这样轻而易举地离开了。我没有勇气去追问他,答案只有在我从人间走出来的时候,才会知晓吧。

长长的两年多时间,我让自己安安静静地学习、工作。我告诉自己,我不能因为陈哲而放弃对生活的希望,我还有母亲,她需要我,她比任何人都需要我。可是,谁能想到,她走了,我唯一的一个亲人也走了。我经常在夜里看她的照片,觉得自己是一个很没用的人,总是没法儿留住身边的人。

曾有一段时间,我除了给学生上课,什么事也不做,什么人也不见。我厌倦了,厌倦看这个世界的风景。我想着一个人生活,只是越来越明白,那是无可奈何的选择,我不要那么可怜。

别人都跟我说"困境会使人坚强",我一直都不相信,困难一个接一个地来,它们没有让我坚强起来,反而增加了我对生活的恐惧。终于,就在今晚,我把对生活的恐惧、对生命的孤独,一块儿带走了。从此,再也无忧,再也无虑。

林学,我最好的朋友,离开你我真的舍不得,所以我把书留给了你,希望你看到它们时,能够想起我。书里面的每一个字、每一个标点,都印下了我的眼神与心情。你一定要好好保存着。

今天的日期,你还记得吧,以后带着一束白玫瑰来看我。

我怕孤独，所以离开；我怕孤独，所以你要常来陪陪我。

她就这样走了，在即将到来的冬季里。她也许是害怕寒冷，所以提前走了。她说我是她最好的朋友，可是在这么多年里，我却没法儿给予她想要的温暖，她是被无助与孤独带走的。如今的她，是否一切都好？

那一天是十一月三号，每年的那一天，我都会带着一束白玫瑰到她的坟前去看看她。然后坐在那里跟她聊聊天，说说在我身上发生的事，说着岁月带给我的种种改变。我知道，在未来的某一天，我们会相遇，那时她一定会一眼将我认出。

冬雪又下了起来，算算日子，我和楚宏已经六年未见了，也不知道他过得怎么样。我带着白玫瑰来看陶玥，我笑着对陶玥说："男人过了三十岁，就容易长小肚子了，他的身材会不会也开始变坏了呢？"

"陶玥，杂志社的同事对我很好。你呢，过得怎么样？白玫瑰喜欢吗？……"我一边摆着花，一边和她说着话，"你看，我的问题总是那么多。"

"班里的同学一个个都结婚了，你看我还是单身，真是凄凉啊。"

…………

每当和陶玥聊完天之后，我的心情就会变得轻松许多。我终于把压在心头的事情和情绪都完完整整地向她表达出来，她永远都是那个最有耐心的倾听者，听着我的过去、现在，以及未来。

然而，看着那一抔黄土和匍匐在地上的玫瑰，顿时又想起往事。若是她还活着，该有多好。一个生命就这样没了，带走了太多太多……

二十二　让我跟你走

从杂志社回来,我在小区楼下的花坛边看见了小可文。她背着一个粉色的书包,因为有点儿胖,穿得又多,走起路来一晃一晃的。旁边是何成轩,正牵着她的手,两个人一边笑着,一边说着话。他们看见了我,便迎上来。小可文扑到我怀里,又在我脸上亲了一下。

我笑着说:“是不是放学了?”

“是啊。”

“在学校乖不乖?”我站起来,拉着她的手。

她从口袋里拿出一张小贴纸,上面是一颗颗红色的小星星:“这是老师给我的,你蹲下来。”

我照着她的话做。她从贴纸上抠下一个小星星,贴在了我的脑门上。她起先是一愣,然后哈哈笑了起来,对着何成轩说:“爸爸,你觉得好看吗?”

“好看。”何成轩竖起大拇指。

他看着我说:“才下班吗?”

“嗯,一眨眼小可文都上小学了。”

“是啊!我都结婚六七年了。你呢,打算一直这样单着?”

我笑着说:“怎么?想用过来人的身份和我谈婚姻了?”

“还真有一句话:这个世上,男女之间,婚不值得结,也不值得离。所以啊,我也没催你结婚,只是在想,你的情感寄托在哪里呢?”

“在心里啊!我心里有一个人,我把情感放在了他身上。”

“哦,原来是这样。”说完后,他又突然换了语气,“我原本像你一样执着。”

我知道,他又想起了那个青春时代,我们多怀念那时的自己,那时的我有楚宏,有陶玥,有爱情,也有最好最好的朋友。只是,何成轩压抑地沉默着。时光在小可文身上就证明了一切,所有的日子都是没法儿回去的,它的脚步出人意料地快。

我指了指前方:“我快到家了。”

何成轩抱起小可文说:“再见喽!”

小可文笑着挥挥手,我上了楼,到家放下包,正准备洗手吃饭,手机铃声就响了。

“是大学时候的班长。”我暗想到现在她的号码也没换。

“林学,再过几天是元旦,我们准备举办一次大学同学聚会,一定要来哦!”

“都通知了吗?”

“我和团支书组织的,他负责一批人,我负责一批。我这边的人都答应会来的。”

我原本不想去的,但是又一想,如果去得人多,我不去也不好,便答应了。

晚上,想到要去学校,想到那个曾在我生命中落下印记的城市,许多场景像一幅幅照片呈现在我的脑海里。

那些走过的街道、街边的商店、吃过的餐馆，它们会有什么变化呢？那个曾经我和他一起坐过的位置，是否还在？

我会碰到楚宏吗？这六年，我们都很好地履行了当初的承诺，再也不见对方。他有没有去了别的地方？他过得如何？他……还爱我吗？想到这儿，我心里不禁悸动了一下，差一点儿哭出来。在爱情里，在他身上，我还是自私的。无论我曾经多渴望有一个人给他幸福，给他一个安稳的生活，只要他好，我怎样都无所谓。可是，我无法骗自己，我还是想占有他，希望他只爱我，只属于我。

元旦那天早晨，我坐上汽车，车上人不多，旁边的位置是空的。我注视着空空的位置，心里想：如果陶玥在，她一定也要去参加聚会，她也一定会坐在我身边……有个人陪着，旅途就不会漫长、无聊了。就像在黑夜中，一个人的时候睡不着也要睡，眼睛睁着等待天亮，那是种绝望。若是有一个人在身边，两个人分享着时光，睡不着又如何呢？不会在黑暗中恐惧，不会觉得夜太长。

我照旧是看书，一本堪称日本《红楼梦》的《源氏物语》。读了几十页后，眼皮打起架来，便不想看了，把书装进了包里。快下车的时候，韦鸿光给我打了电话，问我到哪里了，他已经在酒店了。

韦鸿光从南京赶过来，却比我到得早。他快结婚了，新娘不是齐颜，他们在几年前就分手了。齐颜和我通过几次电话，她认为韦鸿光没用，给不了她想要的生活。她说自己变了，赤裸裸地说着自己的梦想、欲望。之后她去了上海，这两年我们联系越来越少，她的消息我也知道得不多了。

我进了酒店，看到了韦鸿光。他的身边坐着一个很腼腆的姑娘,我对她笑了笑。韦鸿光站起来,向我介绍:“我的女朋友,陈佳媛。”

“你好,我是林学。”

她笑着说:“我听说过你,韦鸿光老是提到你的名字。”

“大学时候,我们在一个宿舍住了四年。”韦鸿光接上我们的话。

慢慢地,大学里玩得不错的几个人都围了过来。说到陶玥,大家都伤感起来。

一个男同学坐在离人群不远的位置上,竟无声地滴着眼泪,那透明的泪珠,折射着他的思念与痛苦。

人都到齐了,很快大家开始吃饭。我才发现,餐桌上多了好多陌生的面孔,都是各自的男女朋友,甚至是妻儿丈夫。如今的他们,我细细地看了看,回忆起毕业时的青涩,有人依然未变,有人我已经认不出来了。岁月和生活的磨炼,使有些人不再像我想象的那样。

陈佳媛很温柔,她一直微笑着,坐在韦鸿光身边,同时大大方方地跟我们聊天。她说话虽轻,却可以听得很清楚,时不时地给我们倒酒、倒果汁。

那一天,我喝得有点儿醉,韦鸿光说:“你订好酒店了吗?”

“没有呢。”

“对面就有,环境也不错,我们就住在那里。”

原来他们昨天就到了。

吃好饭后,大家都散了。有的人说要去校园看看,有的人说到城里逛逛。我和韦鸿光、陈佳媛来到酒店,我在五楼订了一间房,他们在二楼。

我说："我没事，睡一会儿就好，你们休息吧。"

我坐电梯到了五楼，走进房间，把带来的衣服挂进衣柜里。这个酒的后劲很大，头越来越疼。我没有办法，喝了半瓶水，便倒在床上，一直睡到了六点多。醒来时，天已经黑了。我坐起来，盯着床前的电视发呆。韦鸿光来敲门说："打你电话不接，估计你在睡觉，好点儿没？"

"没事了。"我让他们两个进来坐。

"那我们三个人出去吃点儿东西，晚上的聚餐就别去了。"

三个人打着车到了学校附近的小吃街。韦鸿光滔滔不绝地给陈佳媛讲着我们学校里的事。到了一个卖豆花的店铺前，一人要了一碗豆腐脑，点了三份炒饭。陈佳媛胃口很好，一路上又吃了许多小吃。之后，三个人走进校园，元旦好多学生没回家，每条路上都有人。我笑着说："校园比我们那会儿热闹多了。"

韦鸿光指着一排石榴树说："佳媛，这排树是我们当年军训的时候栽的。你看看，如今都长这么高了。"

陈佳媛笑道："这可是利在千秋的事情啊。"

我们继续往学校的图书馆方向走去，那一栋高高的大楼永远灯火明亮，里面也总是坐满了人。很多次，我在这里看书、写字，包括谈恋爱。楚宏就坐在我旁边，我捧着书，他也把书拿在手里，却不打开，只是盯着我看。他一会儿戳我一下，一会儿将脸挨近我，胡乱地指着我书里的一个字，轻声地问："这个字怎么读啊？"那轻柔的语气从我的耳朵直抵心间，总让我没法儿安心地看书。

我站在图书馆前，情不自禁地笑了起来。

这一晃又到了十点多，我累得不行，便提议早点儿回去休息。陈佳媛也累了，从身后围住韦鸿光的脖子，意思是让他背着她。

等韦鸿光伸手去揽她的腰时,她又笑着跑开了。

回到酒店后,我拿出洗漱用品,却发现没带牙刷、牙膏。我看了一眼窗外,外面已是漆黑一片,各个商店早就关了门。于是,我胡乱地洗了个澡就睡了。

上午十点多才醒,我穿好衣服,蓬头垢面地进了酒店旁边的超市。我在里面兜兜转转地找洗漱用品,花了很长时间才找到牙刷、牙膏。我回到收银台,排队结账。

我边排队,边百无聊赖地拿出手机,回复别人给我发的信息。快要轮到我时,我不经意间看到了楚宏。他的旁边站着一个女人,她看上去比我还要小。他从钱包里拿出一百元交给她,低头看了一眼手表,抬起头时,正好也看到了我。我们就这样看着对方,一直看着,好像忘却了我们所处的环境。

收银员说:“喂,把你手里的东西给我。”

我回过神来,赶快付了钱,从超市出来。楚宏在后面喊:“林学,林学,林学!”他连喊了三声,每一声都在向我靠近。他一把拉住我的手,气喘吁吁地说:“你怎么了?”

我没有看他,却见到那个女孩儿正向他走来:“她来了。”

“谁?”他顺着我的目光看去。

那个女孩儿笑嘻嘻地迎上来,一手挽住楚宏的胳膊,并把脸贴在他的手臂上,这样的举动让我重重地甩开了楚宏的手。

他似乎被我吓了一跳,轻声地说了句:“林学!”

“你是林学?”女孩惊呼了一声,好像很早就认识我了。

“对,他就是林学。”

她俯下身子,又抬起脸看我:“难怪我哥喜欢你,长得真好看。”

楚宏拍拍她的背，让她站起来，笑着说："姜莉馨，你先回家去吧。"她笑着伸出手来，楚宏又给了她一百，她向我说了声再见，拎着一包零食走了。

我们站在电梯里，我先开了口："那女孩喊你哥哥？"

"我舅舅家的，正在读大学，元旦放假到我家来玩几天，今天下午就回去了。"

我松了一口气："她认识我？"

"我和她说过你。"

之后我们开始沉默，走了好久，两人都没有说话。我无数次地想象着我们相遇的画面，有拥抱，有亲吻，有泪水，当然也有两个人静静地在街边散步，在安静的环境里，怀念曾经的一切。

他说话了："你吃早饭了吗？"那熟悉的声线立刻又唤起了我对往事的回忆，唤醒了我对他的那颗缠绵不舍的心。

"没有，我连脸都没洗。"

他笑了笑："难怪这么脏！"他突然托起我的下巴，"让我再看看。"

我往后退了一步："我要回酒店了，总要把自己洗一洗。"

他笑着跟着我，路上遇到了韦鸿光，韦鸿光笑着说："我会跟班长说，今天中午的聚餐你有事，没法儿去了。"说着，就拉着陈佳媛快速地走了。

我拆开新买的牙刷，他脱掉身上的风衣，风衣口袋里掉出了一包烟。我问道："什么时候又开始抽烟了？"

"你走了之后。"他坐在床边，一脸柔情地看着我。我进了卫生间，一出来他就拉着我坐到他的腿上，手臂穿过我的腰将我抱住。我们好久没有这么靠近了，他的脸贴在我的后背，我感到暖暖的气流在我身上起起伏伏。

“林学。”这一声后，两个人都沉默下来，朝着对方看，想说什么，却不知道从何说起。

“你还爱我吗，楚宏？”我不知道我为什么会问他这句话，也许这是我最在意的事情。

“我爱你，从来都没有变过。”

“六年过去了，你的生活有什么改变？”

“我考了研究生，现在在银行上班。”

我从他怀里出来，坐到他身边：“恋爱了吗？”

“只相过两次亲。”

他把脸侧过来，捧着我的脸说：“你变瘦了，这些年过得辛苦吗？”

“不辛苦。”

他和我一样，红了眼睛：“我每天都在想你，每天都想。时间越久，这样的思念就越浓，怎么化也化不开。我每半年就到你家楼下，站在车旁静静地看你。有时候看一会儿就走，有时候就在那里待一夜。有一次，你一个人回家，我亮了一下车灯，把你吓了一跳吧？”

“那是你？我也觉得是你。我当时为什么没有勇敢地去打开你的车门呢？”

“我答应过你的，我不能再见你，所以我也没有下车。”

我们沉默着，在房间的钟声下，我们开始追忆大学时代，寻找当初的熟悉与亲昵，感受着久违的宁静，然而现实也总在我们兴奋得忘乎所以时把我们叫醒。

我推开楚宏说：“我们终究没法儿在一起。”

“为什么？”

“如果可以，六年前就可以，不用等到今天。”

“就因为六年前没法儿在一起，今天才可以。我们承受了那么多令人煎熬的等待，这一切都不会白白经历的。”

“可是……”

“这一次我不会让你走了，我不能再失去你。”

他的眼睛里有一种坚定的目光，这种坚定与多年前是不同的，它夹杂着六年的磨炼，还有岁月带给他的成熟。这样的变化是好的，把过去的痛苦都忘掉吧！

我问他：“那明天我们去……”

“去我家。”

“真的要去？”

“你还怕我母亲吗？”

“不是怕，只是想起要面对这样的事情，我就会想她会同意吗，如果她不同意，你又能怎么办。我不想再次把你逼到两难的境地。”

楚宏安慰我：“林学，六年那么长的时间，我们都有成长，都在反思什么才是生活，什么才是自己想要的。我母亲也一样，她明白怎样才是真正爱我。”

“真的吗？”

“她亲眼看着我是怎么度过这六年没你的日子的。她虽没说，但是我知道，如果你回到我身边，她一定会同意的。”

那一晚，他一夜未睡，我在他怀里醒来，他就像以往那样看着我。

他从被窝里起来，随便洗了一把脸，把衣服穿好，站在我面前,喊我起床。我突然意识到,从见面到现在,我居然没有好好地看他。

他还是那样,昨晚我把手放在他的肚子上,想知道他是不是如我想的那般,到了三十岁身材会变坏。没有,一点儿也没有。此刻,他穿着一款黑色的风衣,笔挺地站在我面前,神情容貌一如往日,只是下巴与鬓角处的胡楂儿浓密了些。

吃了早饭后,我带着惶恐,坐上车。我看着正在开车的楚宏,他注视着前方的道路,时不时地看我一眼。一想到马上要见到他的母亲,我就坐立不安。

车子很快就停在了他家的别墅前。

楚宏说:"下车吧。"他抱住我又说,"别怕,别怕……"

我们走进去,楚宏紧握着我的手,姜茹正从厨房里出来,她看见了我,立刻停下了脚步。我不敢看她,把目光移向了别处。楚宏拉着我到沙发上坐下,依然紧握着我的手。我的手出奇地烫,手心开始滚出汗来。

"妈,来这儿坐。"楚宏说。

姜茹重重地吸了一口气,坐到我们对面。

"我把林学找回来了。"楚宏接着说。

姜茹低头看着地面。

"事实证明,六年,两千多个白天,两千多个夜晚,无数男人女人,都没法让我忘掉他。您跟我说,我们唯有走别人走过的路,才会走得安全。可是那条路不适合我,我没法听您的话。这六年里,我相过亲,失败后,您再也不和我提结婚的事。您明白,我没法和一个女人一起生活,所以这一次成全我好吗?"楚宏说得很平静,每一个字、每一句话好像在心里提前排演了无数遍。

姜茹的神色一直未变，她看向我们相互握着的手，终于开口说了一句："你们把手放开。"

楚宏一听，把手握得更紧了。这紧张的气氛，让我开始热了起来。

"把手放开。林学，你跟我来。"

她站起来，转身上楼。我对楚宏点点头，他把手松开，我跟着姜茹走到她的房间里。她开了一盏微黄的灯，我六年未见她，她的气质依然没有变化，只是人却老了许多。

"你还爱楚宏吗？"

"我从来没有改变过对他的心。"

她做出一个放松的姿势，好像这是她最关心的问题。

"你有没有恨过我？"她指着床右边的沙发，让我坐下。

"没有。你爱楚宏，我也爱，只是用的方法不同而已。爱他的人，我恨不起来。"

她把一件衣服披在自己身上，跟我说起这六年来关于楚宏的点点滴滴，说起她的无奈与苦痛，说起作为母亲她的思虑与当初的抉择。

这件事距离现在又过去了四年，姜茹的神情依然让我深深地感到这些年来我和她、楚宏三人的生活是多么不易。

那个晚上，我送别了韦鸿光，走在城市的灯光之下，长长的影子斜躺在马路边，我又想起楚宏在很多年前对我说的话："我要你做我的影子，你只要安心地跟在我身后，我在前面为你遮风挡雨。"

我仰起头来,一丝凉意落到了我的脸上。天上飘起了雪花,开始很小,后来就慢慢大了起来。我想,有雪的南方,是没有遗憾的。